U0163772

金學叢書
第一輯 2

吳敢
胡衍南 霍現俊
主編

《金瓶梅》的幽隱探照

魏子雲 著

臺灣學生書局印行

魏子雲

1918 年出生於安徽宿縣，小名清漢。於抗日戰爭中從軍，未受完大學教育。惟自幼習經，於國學頗有根基。在軍中擔任編審工作多年，退役後轉任教職，曾任中興中學與育達商職國文教師、臺北師專兼任副教授，以及國立藝專戲劇科兼任教授。2005 年病逝於臺北，享壽八十八歲。重要著述包括《金瓶梅》研究、八大山人探研、文藝評論、戲曲劇本、國文教學及長短篇小說創作等共七十餘種，近一千萬字。著述之勤，其中尤以《金瓶梅》研究，相關論著近二十種，除帶動兩岸學術界研究風潮，糾正前人誤說頗多，更建立其國際間特出之地位。

本書簡介

本書是魏子雲先生 1988 年《金瓶梅》研究論文結集。本書圍繞《金瓶梅》的成書問題立論，從《萬曆野獲編》與袁氏兄弟等史料，推測《金瓶梅》的成書年代、初期抄本與後期抄本時間，分析《金瓶梅》十卷本與二十卷本的刻本問題與異同。以及呼應黃霖先生提出的屠隆說，以〈別頭巾文〉揣測屠隆寫作《金瓶梅》的可能性與動機。最後詳述馮夢龍的文學生涯，論斷馮夢龍為《金瓶梅》十卷本的改寫者與出版者，同時也是二十卷本的出版者。

金學叢書第一輯序

2012 年 8 月下旬，「2012 臺灣《金瓶梅》國際學術研討會」在臺北、嘉義、臺南三個場地隆重召開，大會同時紀念辭世七年、在海峽兩岸備受推崇的「金學」先驅魏子雲先生。

會議落幕之後，臺灣學生書局基於「辨彰學術，考鏡源流」的信念，認為很有必要出版一套「金學叢書」，將 1980 年以後逐漸豐饒起來的《金瓶梅》成果一次性展現出來，於是找了胡衍南商議此事。經過協商，臺灣學生書局接受胡衍南的兩點提議：一，此一事業理當結合海峽兩岸金學專家共同合作；二，為了紀念魏子雲先生，擬將先生在臺灣學生書局的版權書，搭配臺灣近來年輕研究者的金學著作，先以「金學叢書」第一輯的名義出版，藉此向先生獻上敬禮。因此，2013 年 5 月「第九屆（五蓮）國際《金瓶梅》學術研討會」期間，霍現俊答應共襄盛舉；同年 7 月，胡衍南代表書局親赴徐州邀請吳敢加入主編行列，確定此套叢書由吳敢、胡衍南、霍現俊共同主編。在此同時，胡衍南開始蒐集「金學叢書」第一輯的書稿，吳敢、霍現俊逐步展開「金學叢書」第二輯的規劃。

不同於「金學叢書」第二輯，主要為中國大陸 20 世紀 80 年代以來學人的《金瓶梅》研究精選集；「金學叢書」第一輯由魏子雲領軍，麾下俱是臺灣年輕學者專書性質的金學著作。

第一輯共收十六本書，魏子雲在臺灣學生書局的三本版權書《小說金瓶梅》、《金瓶梅原貌探索》、《金瓶梅的幽隱探照》，足以反映魏先生治學精神及金學見解；且因魏先生後人及學生刻正籌劃全集出版，本套叢書也就不另外爭取先生其他專著。至於其他青年學者專書，如果把金學事業分成文獻研究、文本研究、文化研究，文獻研究明顯最為匱乏，事實上臺灣除魏子雲外興趣多不在作者、成書、版本等考證方面。叢書中具綜述性質的李梁淑《金瓶梅詮評史研究》權屈於此。

文本研究稍好，其中又以借鑒西方敘事學理論者較有成績，鄭媛元《金瓶梅敘事藝術》可視為全面性初探，林偉淑《金瓶梅的時間敘事與空間隱喻》意在時空設計的隱喻性格，李志宏《金瓶梅演義——儒學視野下的寓言闡釋》則從敘事特色探討「奇書體」小說之政治寄託。此外，關於《金瓶梅》詩詞的研究也頗見特色，傅想容《金瓶梅詞話之詩詞研究》、林玉惠《崇禎本金瓶梅回首詩詞功能研究》，一從詞話本、一據崇禎本，前者宏大、後者聚焦，都是考慮詩詞在小說中的美學任務。另外值得一提的是曾鈺婷《說圖——崇禎本金瓶梅繡像研究》，近年頗時興圖像與文字的辯證研究，此書透過對小說插圖的考察，從側面支持了崇禎本《金瓶梅》的文人化、藝術化傾向。

至於文化研究，不可免地都集中在性／別文化研究，此係因為臺灣極易取得未經刪節的全本《金瓶梅》，加上 20 世紀 90 年代中期以來對性／別議題特別熱衷，故影響了《金瓶梅》文化研究的「挑食」傾向。收在叢書中的此類著作，有胡衍南《金瓶梅飲食男女》、李欣倫《金瓶梅之身體感知與性別辯證：一個漢字閱讀觀點的建構》、李曉萍《金瓶梅鞋腳情色與文化研究》、張金蘭《金瓶梅女性服飾文化研究》、沈心潔《金瓶梅詞話女性身體書寫析論——以西門慶妻妾為論述中心》等五部，其中胡衍南、張金蘭的著作都曾公開出版，此次收入叢書都作了程度不一的增添及修改。尤需一提的是，臺灣近年來對於小說的續書研究很感興趣，特別是從解構主義的後設立場重新反思續衍現象，嚴格來講也是一種文化批評，叢書中鄭淑梅《後設現象：金瓶梅續書書寫研究》即為個中佳作。

「金學叢書」第一輯集結近年臺灣青年學者《金瓶梅》研究專著，有意宣示「哲人日已遠，典型在宿昔」——魏子雲先生逝世十周年前夕，金學事業薪火相傳，生生不息。綜上所述，本輯作者胡衍南、李志宏的著述較為金學界所熟識，其他多數則嶄露頭角，正見其成長茁壯。相較之下，稍晚亦將問世之「金學叢書」第二輯，收入了徐朔方、甯宗一、劉輝、王汝梅、黃霖、吳敢、周中明、張遠芬、周鈞韜等三十一位名家之《金瓶梅》研究精選集，收錄純熟之作，代表當代金學最高成就，敬請拭目以待。

吳敢、胡衍南、霍現俊（胡衍南執筆）

2014 年元旦

自　敘

一

多年以來，我的《金瓶梅》研究，一直在成書年代與作者問題上探索。在我探索這些問題時，從來不曾忘了沈德符與馮夢龍這兩位最可疑的人物。無論接觸到任何資料，首先要考量的就是這倆人；還有袁氏兄弟。

我出版《金瓶梅》研究的第一本書《金瓶梅探原》（臺北巨流圖書公司），就懷疑袁中郎（宏道）所著《觴政》以「《金瓶梅》配《水滸傳》為逸典」的不合事理。這時，《金瓶梅》不惟尚無刻本，袁中郎自己卻連全本也不曾讀到，居然把《金瓶梅》與《水滸傳》相提並論，兼且還說：「不熟此典者，保面甕腸，非飲徒也。」此一問題，居然在我懷疑了十七年之後，終算獲得了答案。原來《金瓶梅》的早期傳抄，乃鄞人屠隆所作，諷諭其當朝今上者也。從今見之《金瓶梅詞話》第十七回中的「賈廉」其人來看，極可能早期傳抄的《金瓶梅》，並不是西門慶的故事，我早在《金瓶梅劄記》及《金瓶梅原貌探索》二書，就討論了這一問題。如今，我在討論「金瓶梅抄本」時，竟發現《金瓶梅》自萬曆二十四年冬（1596）打從袁宏道（中郎）給董其昌（思白）函中，提到此書之名而後，居然整整十年沒有任何消息，再由袁宏道（中郎）傳出消息時，已是萬曆三十四年（1606）秋寫出了《觴政》，「以《金瓶梅》配《水滸傳》為逸典」，把《金瓶梅》作為酒令了。這時，鄞人屠隆去世已一年（屠卒於萬曆三十三年——1605——秋）矣！所以我推想袁中郎之所以大膽的在萬曆三十四年秋再度傳出了《金瓶梅》的消息，顯然的，在這綿綿十年歲月中，他們與作者屠隆曾相商改寫，可能在屠隆故後，他們得到的殘稿，已在計畫中成書付梓矣！遂有了沈德符《萬曆野獲編》的「袁中郎《觴政》以《金瓶梅》配《水滸傳》為逸典，予恨未得見。丙午遇中郎京邸，問：『曾有全帙否？』」的種種暗示。沈德符的這一番話，卻又著文時間極遲，馬泰來推論作於萬曆四十七年（1619）為上限，我則推論作於天啟七年（1627）或崇禎五年（1632）。蓋沈文中的諸城丘志充（六區），天啟七年因案被逮下獄，崇禎五年棄市。所以沈文結語說：「丘旋出守去，此書（《玉嬌李》）不知落何所」也。

這些史料之文辭的相互比竝推研，足以肯定今之《金瓶梅詞話》乃袁中郎等人的改寫本，初期傳抄時代的《金瓶梅》，未必是西門慶的故事。

二

我之所以把《金瓶梅》的抄本，區分成兩個階段，正因為袁中郎於萬曆二十四年（1596）冬首先傳出了《金瓶梅》的消息，事後竟十年闃無一字傳聞，到了整整十年後的丙午，卻仍由袁中郎的酒令《觴政》傳播出來，已與《水滸傳》相提而並論，作為酒場甲令矣。從此之後，《金瓶梅》的消息，遂在袁氏兄弟這幫相互認識的朋儕中傳播開來。是以我們今見之有關《金瓶梅》的傳抄文件，全是萬曆三十四年（1606）之後寫作出來的。那麼，將《金瓶梅》的傳抄，別作前後兩期，乃一正確的史實。過去，大家都把此一問題忽略了。

史實就是考據者立論的實據。《金瓶梅》的傳抄，自袁中郎於萬曆二十四年傳播於文友間，居然十年之間，沒有其他人再傳出它的消息，像這麼一部「必遂有人板行」的合乎當時社會的小說，竟無聲無闃了十年，若以當時的歷史背景與社會因素來說，這是不可能的事。（以今見之《金瓶梅詞話》內容來說。）可是，居然如此，豈不可怪？所以我認為這之間隱藏著一些微妙的問題。

試想，當我們注意到了此一問題，怎能不去一探究竟？

第一，刻上淫穢文字與畫圖的書刊，在嘉、隆、萬那個時代，又不干公禁。初期傳抄本的《金瓶梅》內容，如正是今天我們見到的《金瓶梅》（詞話）則是不可能在社會上被隱蔽起來的。但居然被隱蔽起來了，顯然的，初期傳抄時代的《金瓶梅》其內容必非今見之《金瓶梅》（詞話）。袁中郎讀後的論斷是：「雲霞滿紙，勝枚生〈七發〉多矣！」便足以證明初期傳抄的《金瓶梅》乃政治諷諭小說也。其內容若非有關政治諷諭，那是不可能在社會上被隱蔽起來的。

第二，何以十年之後的後期傳抄本，便陸續有人在文字上談論到它？顯然的，後期傳抄出的《金瓶梅》，已非初期傳抄本的內容，已經改寫過了。但仍非全稿，卻又在袁中郎的朋友圈中傳播著。又傳抄了十年之後，方有刻本出現。卻又在沈德符《萬曆野獲編》的文辭中，暗藏了不少微妙的答案。所以我以「艷段」來處理它。

三

《金瓶梅》的明代刻本，傳乎今世者祇有兩種，一是十卷本，一是二十卷本，即今人習稱之「萬曆本」（十卷）與「崇禎本」（二十卷）。

第一種刻本（十卷本），自民國二十一年（1932）「萬曆本」被發現之後，研究者無不認為二十卷本是十卷本的後改本，筆者向亦如此認定。客歲（77年）10月，在港與梅節先生聊天，梅先生向我提出十卷本與二十卷本乃傳抄時代的兩種不同底本。當時一聽，不禁發愣。竟一時不能接納這個說法。梅先生近數年來，從事該書版本的校勘，業已完成了一部正本清源的標準本《金瓶梅詞話》，已由香港星海文化出版公司印行了。此一問題，乃梅先生從事校勘時所發現。那天（1987 年 10 月 23 日）午後，我們談了五小時有奇，他搬出校勘時的紀錄，一一指出了他發現到的證據。而我，也提出二十卷本源自十卷本的證據，乃第三十九回的「鈞」字誤為「釣」字，二十卷本之誤，竟與十卷本之誤是一脈相承，怎能說是淵自兩種「底本」呢？但梅先生在詳細校勘過程中發現的證據，我也無法否定。

由港歸來，我便段段落落的比對這兩種版本的相關問題，終於在第五十三回五十四回這兩回中發現到這些問題。特別是第五十四回，顯然的，這兩種版本（十卷本與二十卷本）的內容，有了顯著的不同。可以基之證明二十卷本的這一回，不是根據十卷本來的。十卷本的內容豐贍，人物言談與容止生動，二十卷則稍遜，且篇幅亦少。二十卷刻於崇禎，有崇禎皇帝的避諱字「檢」刻為「簡」字可證，乃十卷本之後的刻本，已有明證。那麼，或可基此認定二十卷本付梓時，所據底本已非全貌，而十卷本的版已毀，且手中十卷本的存書缺這兩回。在此情形之下，遂不得已而據上下文的情節，以及大家夥談過十卷本的印象，湊成了這兩回（特別是第五十四回）。

不過，二十卷本是改寫過的，不惟第一回全部改寫一過，原十卷本中的戲曲、證詩等等，卻也刪的刪改的改，已非十卷本的原貌矣！再來對證沈德符（《萬曆野獲編》）的說詞，堪可證明《金瓶梅》在後期傳抄時代，就有了兩種不同的改寫底本。崇禎本的梓行，之所以編為二十卷本，亦可能有心別於十卷本。實際上，十卷本與二十卷本的分卷，不同處也衹在於五回一卷與十回一卷之分別而已。

四

正由於今見之兩種《金瓶梅》刻本，全是在後期傳抄時代就改寫過的，因而我們探究作者是誰？又怎能不分段來說。認真分來，應分成三個階段來說，第一階段是初期傳抄本的作者是誰？（即袁中郎於萬曆二十四年（1596）見到的那一稿本）第二階段是後期傳抄本的改寫者，第三階段是付梓者的改纂者。這是明代出版界的風尚，出版者最喜改纂他要出版的作品。

從今見之兩種明代《金瓶梅》刻本來說，我們已經有了一件直接證明作者是誰的證據，那就是十卷本第五十六回中的〈別頭巾〉詩文。此一詩文尚見於天啟間刊行之《開卷一笑》與《繡谷春容》（《繡谷春容》刪去詩）。此一詩文在《開卷一笑》中，刻有作者筆名「一衲道人」，屠隆之別號也。上海復旦大學的黃霖，最先提出作者屠隆說，這數年來，我一直在此「說」上進行鑽探，認為此說最為正確。我已尋出屠隆可能寫作《金瓶梅》諷諭明神宗的創作動機，（見拙作《金瓶梅原貌探索》〈屠隆的罷官及雕蟲罪尤〉學生書局印行）此一寫作動機，在所有提出的《金瓶梅》作者說的推想中，除了屠隆，別人全未具備。何況，十卷本第五十六回中的〈別頭巾〉詩文，證據又是如此的直接而肯定，其他諸說，何人有此鐵證耶？

還有湯顯祖在屠隆病中寫出的十首充滿了嘲笑的絕句，卻也是出乎常情的作為。湯顯祖在明代士人羣中，是一位不納妾不冶遊的正人君子，與屠隆、袁宏道這班朋友的浪漫生活，恰恰相反。屠隆於萬曆十二年（1584）罷官後，一直賣文為活，且不時出遊，奔波於在位文士間，晚年編寫戲曲，且自組戲班出堂會於仕紳家。雖不十分貪酒，卻十分好色，戲班伶優，亦家伎焉。如從湯臨川這十首絕句的嘲笑詞語觀之，可以獲知屠緯真死狀甚慘，瘖瘍痛楚，端賴家人唸唱佛經止之。後人說屠氏死於梅毒，基此詩而言也。但在我看來，湯氏之在老友屠氏臨終前，未嘗作詩以慰，死後也不曾寫一言片語悼唁，竟寫出笑語以嘲之，似非指屠之好色，或惱其遺孽於《金瓶梅》也哉！是以詩有「涕睡機關一線安，業緣無定轉何難？」及「雄風病骨因何起？懺悔心隨雲雨飛。」又有句云：「不知一種無名恨，也向蓮花品內消？」斯所謂「無名恨」得非指屠隆之罷官銜恨於上而創作《金瓶梅》洩恨未成，臨終尚賴唸佛消痛，豈非孽乎！

五

另有「欣欣子」與「東吳弄珠客」這兩篇敘文，多年以來，卻也牽羈了不少糾結。去年八月臺北舉行明代小說戲曲國際研究會（中央圖書業辦），我曾提出一篇論文〈馮夢龍與金瓶梅〉，文中列出證言，認為「欣欣子」與「東吳弄珠客」都是馮夢龍的化名。今春，香港友人梅節先生影印一份陳毓羆作〈金瓶梅抄本的流傳付刻與作者問題〉一文，竟與我的看法一致，真格是「不約而同」、「不期而遇」。儘管各人論點不同，此一看法則一。至感欣慰於吾道之不孤也。

馮夢龍極可能也是一位《金瓶梅》後期傳抄本的改寫人之一，這兩種刻本（十卷本與二十卷本）也可能全是馮夢龍主持梓行的。化名「欣欣子」作的敘文，已透露了刻本《金瓶梅》與抄本《金瓶梅》的差異。我在《金瓶梅原貌探索》中已提出了，如「離別之機，將與憔悴之容，必見者所不能免也；折梅逢驛使，尺素寄魚書，所不能無也；患難迫切之中，顛沛流離之頃，所不能脫也。」這些情節，均未見於這兩種刻本。得非暗示刻本之情節，已非原稿本之內容乎？這些暗示，研究者，焉能忽之！

總之，今見之兩種《金瓶梅》刻本，全是改寫本，已非初期抄本的內容。可以說是極為肯定的事實。袁氏兄弟計畫了《金瓶梅》後期抄本的整合與修纂，在歷史演變過程中，也脈絡分明。馮夢龍主持了兩種刻本的梓行，也事理清楚。這些，我都在最後一章（〈放隊詞〉）「馮夢龍與金瓶梅」中分析出來了。（此文與去年我在明代小說戲曲國際研究會上提出的論文不同，我又重寫過了。）堪以證明我與陳毓羆先生的此一看法是極為正確的。不過，陳先的結論與我不同。也許他讀了我的這些論述，會從事修正他的誤點。或者，糾正我的誤點。

六

明年六月，大陸將在徐州舉行《金瓶梅》研討會第一屆國際會議。所以特先寫出這部書，提早送請學生書局付梓，希望早些日子出版，早些日子送到大陸所有研究《金瓶梅》的學者與作家手上，便於大家有一段充分的時間來批駁我的意見，或贊同我的看法。

學術討論，講究的是學理。不是政治，要求的是千士之諾諾的多數「是」字，所謂得眾也。學術則訴之理則，如千士之諾諾的理則是「非」，一士之諤諤為「是」，則千士之諾諾的「非」，亦難敵一士之諤諤的「是」也。

再說，學術立論，要有歷史為基礎。如無歷史為基的論點，雖高上雲霄，亦海市蜃樓耳，經不起太陽光的。考據之論，論在有據，研判推論，亦必須依據；據之所憑依乃本源，如無本源，據無憑矣！

深切盼望賢者教我，真盼我這部書能遇上法家，提出證據判我？「拆屋還地」。果爾，則我願再尋基地重建，雖心愧面慚，亦敬謝之焉！

魏子雲
民國 77 年 7 月

《金瓶梅》的幽隱探照

目　次

金學叢書第一輯序 …… I

自　敘 …… III

零　艷段 …… 1

《萬曆野獲編》（卷二十五）《金瓶梅》解說 …… 1

一、《觴政》與《金瓶梅》 …… 1

二、《金瓶梅》全本在誰家 …… 2

三、袁氏兄弟有《金瓶梅》全本乎 …… 3

四、有陋儒補以入刻，未幾時而吳中懸之國門矣！ …… 3

五、聞此為嘉靖間大名士手筆 …… 5

六、《玉嬌李》的問題 …… 6

七、此書不知落何所 …… 7

佰　《金瓶梅》的抄本 …… 9

一、初期抄本 …… 9

二、後期抄本 …… 11

(一)袁宏道（中郎）的《觴政》 …… 11

(二)屠本畯（田叔）的《觴政》跋 …… 12

(三)沈德符（景倩）《萬曆野獲編》的論《金瓶梅》 …… 12

(四)謝肇淛（在杭）的〈金瓶梅跋〉 …… 14

仟　《金瓶梅》的刻本 …… 15

一、十卷本與二十卷本的問題…… 15
(一)十卷本（《新刻金瓶梅詞話》）…… 15
1.十卷本是第二次刻本說…… 16
2.十卷本刻於二十卷本之後說…… 16
3.劉、梅兩家之說的問題…… 17
(二)二十卷本（《新刻繡像批評金瓶梅》）…… 19
1.兩種刻本的底本何來？…… 20
2.二十卷本與十卷本的異同…… 22
五十三回…… 23
五十四回…… 25
五十五回…… 26
五十六回…… 26
五十七回…… 27
二、二十卷本何以無欣欣子敘文…… 29
(一)袁宏道（中郎）語…… 30
(二)屠本畯（田叔）語…… 30
(三)袁中道（小脩）語…… 30
(四)謝肇淛（在杭）語…… 30
(五)李日華（君實）語…… 31
(六)沈德符（景倩）語…… 31
(七)薛岡（千仞）語…… 31
(八)張岱（宗子）語…… 32
萬 《金瓶梅》的成書年代…… 35
一、抄本的成書年代…… 36
(一)初期抄本…… 36
(二)後期抄本…… 37
1.何以初期本問世後十年來無有踪跡？…… 38
2.推論袁宏道的《觴政》之作？…… 39
3.推論麻城劉家的《金瓶梅》之流程…… 40
二、刻本成書年代的實證…… 43
(一)十卷本《新刻金瓶梅詞話》…… 43

1.殘紅水上飄 …… 43
2.苗青謀財害主案 …… 45
《百家公案》原文 …… 45
苗青案（《金瓶梅詞話》第四十七回原文） …… 48
(1)蔣天秀之妻的姓氏 …… 50
(2)「稍子」、「陗子」、「艄子」 …… 50
3.別頭巾文 …… 51
(1)《開卷一笑》（〈別頭巾文〉署名「一衲道人」） …… 52
(2)《繡谷春容》（署名闕如，題為〈別儒巾文〉） …… 52
(3)《金瓶梅詞話》（無題目，從應伯爵口中道出） …… 53
4.政治諷諭已明示了《金瓶梅詞話》的成書時間 …… 54
(1)先說，西門慶抵京 …… 55
(2)再說，西門慶的離京 …… 57
(二)二十卷本《新刻繡像批評金瓶梅》 …… 58
1.第一回 …… 58
2.第四十八回 …… 59
3.五十三回至五十七回 …… 60
4.專論第五十三回 …… 61
(1)十卷本 …… 61
(2)二十卷本 …… 62
5.專論第五十四回 …… 62
(1)十卷本 …… 62
(2)二十卷本 …… 62
6.綜論五十三回五十四回兩回 …… 63
(1)先說第五十三回 …… 63
(2)再說第五十四回 …… 64
(3)兩回內容牽涉到的兩種刻本上的問題 …… 65
7.沈德符（《萬曆野獲編》）的矛盾語言 …… 65
8.有陋儒補以入刻的關鍵問題 …… 67
億　《金瓶梅》的作者 …… 69
一、一衲道人與〈別頭巾文〉 …… 69

(一)這篇〈別頭巾文〉確是屠隆的作品嗎…… 69
(二)假如〈別頭巾文〉是偽託屠隆作的呢…… 70
1.真與假之論…… 70
2.談言微中…… 71
3.金陵游客…… 71
二、屠隆可能寫作《金瓶梅》的動機…… 72
(一)屠隆的罷官…… 73
(二)看屠隆罷官後的回響…… 76
(三)屠隆罷官後的不平之鳴…… 78
(四)屠隆待時至而「嘒嘒」的時機…… 82
三、推敲湯顯祖這兩題詩篇的寓意…… 84
(一)第一題：長卿初擬恣遊浙東勝處，忽念太夫人返棹。悵焉有作。…… 84
1.入門心知客不惡　滿堂目成予有美…… 85
2.江花入夢有年餘　山木成歌非願始…… 86
3.《曇花記》何來「西寧侯」之寓？…… 87
(二)第二題：長卿苦情寄之瘍，筋骨段壞，號痛不可忍。教令闔舍念觀世音稍定，戲寄十絕…… 88
(三)贅語…… 94

兆　放隊詞——馮夢龍與《金瓶梅》…… 95

一、馮夢龍的文學生涯…… 96
(一)馮夢龍的前半生…… 96
(二)馮夢龍的後半生…… 97
(三)馮夢龍的出版事業…… 101
二、馮夢龍與《金瓶梅》…… 102
(一)馮夢龍梓行《金瓶梅》的證據…… 103
1.先刻十卷本的證言…… 103
2.欣欣子敘文中的有力證據…… 104
(1)「笑」與馮夢龍…… 104
(2)行文用辭及語氣…… 106
(3)敘文後的書地習慣…… 106
3.再刻二十卷本的證言…… 107

(1)十卷本何以未能「一刻家傳戶到」？…… 107
(2)二十卷本「一刻則家傳戶到」 …… 108
4.十卷本毀板的證據…… 109
5.馮夢龍再刻二十卷本…… 110
(二)馮夢龍的大一統思想…… 111
1.孔子著《春秋》，明乎大一統也！…… 111
2.可貴的泰昌紀元…… 112
3.必也，十卷本與二十卷本均馮夢龍敘刻者也。…… 113

附 錄

一、新刻繡像批評金瓶梅（日本天理圖館藏本）…… 115
二、新刻繡像批評金瓶梅（日本內閣文庫藏本）…… 116
三、袁氏書種堂禁翻豫約（中央圖書館藏瀟碧堂集扉頁）…… 117
四、屠隆手書七言詩卷（驪樓藏件影印）…… 119

零　艷段

《萬曆野獲編》（卷二十五）《金瓶梅》解說

一、《觴政》與《金瓶梅》

袁中郎《觴政》以《金瓶梅》配《水滸傳》為外典，予恨未得見。

1.袁宏道字中郎，又號石公。生於隆慶二年（1568）卒於萬曆三十八年（1610），湖廣公安人。萬曆二十年（1592）進士，曾任吳縣令、禮部郎中。文倡性靈說，昆仲三人，均有文名，世有公安派之稱。

2.《觴政》，袁宏道作品之一，乃飲酒應用之酒令。其中「掌故」一則，云：「……傳奇則《水滸傳》、《金瓶梅》等為逸典。不熟此典者，保面甕腸，非飲徒也。」此文附有〈酒評〉於後，題時為「丁未夏日」，萬曆三十五年（1607）也。推想《觴政》一文，約寫於萬曆三十四年前後。〈酒評〉乃後補。（往者，余斷之寫於萬曆三十五年前後[1]）另有《寶顏堂秘笈》本之《觴政》未附〈酒評〉，卻有「荷葉山樵」跋，題時為萬曆「甲辰閏九月」。[2]早〈酒評〉三年。然從袁中郎尺牘觀之，凡提及《觴政》者，率多在萬曆三十七年前後。（參閱拙作《金瓶梅探原》〈袁中郎《觴政》之作〉。）

3.大可怪者，袁中郎以《金瓶梅》配《水滸傳》為逸典，寫入《觴政》時，手中尚無《金瓶梅》全稿，休說是出版品。何以竟會把一部所見不全的抄本《金瓶梅》寫入酒令？還說：「不熟此典者，保面甕腸非酒徒也。」難怪屠本畯《山林經濟籍》說：「如石公而存是書，不為託之空言也；否則，石公未免保面甕腸。」蓋亦責袁宏道之斯文不

1　參閱拙作〈袁中郎《觴政》之作〉，《金瓶梅探原》（臺北：巨流圖書公司，1979 年 4 月），頁 103。

2　按《寶顏堂秘笈》初刻於萬曆三十四年（1606）刻竣於泰昌元年；分正集、續集、廣集、彙集、普集等。《觴政》在續集，其刻成當在萬曆三十四年以後。此「荷葉山樵」之跋文，未知何人？何以書為「甲辰閏九月」？是否有誤，待考。

當，亦疑其無《金瓶梅》全本，竟何以有此說耶？

誠然，袁氏所見，《金瓶梅》只是抄本，且非全帙。如何能希求酒徒去熟此典？想來，得非蓄有全書而有付之剞劂之籌謀也耶？

二、《金瓶梅》全本在誰家

> 丙午，遇中郎京邸，問曾有全帙否？曰：第睹數卷，甚奇快。
> 今惟麻城劉涎白承禧家有全本，蓋從其妻家徐文貞錄得者。

1.袁宏道（中郎）辭吳縣令後，曾閒散數年。[3]於萬曆二十九年（1601）在家鄉築柳浪湖遯居六年後，於萬曆三十四年（丙午）秋始入京候選。沈說之「丙午遇中郎京邸」，蓋指此時也。當在秋後。

2.這時的沈德符，是國子監的「例監」（捐得的太學生）。從語詞來看，沈德符似與袁中郎是好友，但在袁氏三兄弟的詩文集中，竟無一字及於沈德符。強拉名人為契友好相知，乃人性本質，且不論它。然沈氏僅從《觴政》一文述及《金瓶梅》的片言碎語，似不致有否全帙之問？且從《觴政》文意看，應認為袁中郎讀過全本，否則，怎會冒冒然寫入《觴政》？因此我們可以推想沈氏的此問？乃明知袁中郎無全本而故問。遂在行文上引出了下語：「第睹數卷，甚奇快！」衹讀了數卷就被其中之「奇」，暢快得「甚」了，方始回答說：「今惟麻城劉涎白承禧家有全本，蓋從其妻家徐文貞錄得者。」語氣極為肯定，可以推想袁中郎已讀了全本。麻城乃公安近鄰也，且麻城劉家亦宦門，劉承禧之父劉守有曾任錦衣衛都指揮使，劉承禧也官到錦衣指揮，與袁家向有往還。[4]劉家有《金瓶梅》全本，袁氏兄弟讀到，應是可能的。

3.徐文貞乃徐階謚號，曾任大學士，[5]劉承禧是徐階曾孫婿。是以袁中郎說徐是劉的妻家。（旅美學人馬泰來撰有〈麻城劉家與《金瓶梅》〉一文刊《中華文史論叢》1982 年第 1 輯）徐家又是從何得來？未有答案。但這一段話，卻明示了《金瓶梅》全本的來源。來自麻城劉家。

3　袁宏道（中郎）於萬曆二十五年（1597）春辭吳懸令，曾至真州小住，再去京補官，二十八年（1600）冬，又辭官歸隱。兄宗道故世，中郎在家隱居自築之柳浪湖六年，至三十四年（1606）秋，方始出京，再補官。三十八年（1610）九月卒。

4　麻城劉守有以祖廕入仕，萬曆十二年（1584）任錦衣衛僉書掌衛事，屠隆因故罷官，狼狽出京。家小染病，劉守有為之照顧，且以正義為之鳴不平。屠隆稱之為「義人」。（見屠隆之《白榆集》、《栖真館集》）。

5　徐階（1503-1583）松江華亭人，曾任大學士，與嚴嵩同時在朝執政。

（麻城劉家與浙江鄞縣屠隆，有義人之交。[6]）

三、袁氏兄弟有《金瓶梅》全本乎

又三年，小修上公車，已攜有其書，因與借抄挈歸。

1.這裡說的「又三年」，當是萬曆三十七年（1609）。不錯，此年己酉，明年庚戌有春闈。袁中道（小脩）先期赴京依兄（宏道），準備明年春闈之試，沈德符是太學生，也在都城，應有晤面的機會。袁中道攜有《金瓶梅》全抄本，因與借抄，也是可能的。問題是袁中道（小脩）在萬曆四十二年（1614）八月寫日記（《遊居柿錄》）時，尚說他「從中郎真州，見此書之半。」未說他讀到全本。按袁小脩「從中郎真州」的時間，在萬曆二十五、六年間（不少人考證過了）。袁宏道（中郎）卒於萬曆三十八年（1610）九月，袁小脩在萬曆四十二年八月日記中說他還祇是從中郎真州時，見過《金瓶梅》一部分，沈德符又怎能在萬曆二十七年向袁小脩抄得《金瓶梅》全本？可以想知沈氏《萬曆野獲編》的此一說詞之不確。

2.再說，謝肇淛寫於《小草齋文集》中之〈金瓶梅跋〉，也說他向袁中郎抄來的《金瓶梅》只有「其十三」。[7]據多數人推論，認為謝氏此文寫於萬曆四十四年（1616）前後。[8]尤足以證明袁氏兄弟在萬曆四十二年前後，手中尚無《金瓶梅》全本。益發確定沈說（《萬曆野獲編》）之讕言矣。

四、有陋儒補以入刻，未幾時而吳中懸之國門矣！

吳友馮猶龍見之驚喜，慫恿書坊以重價購刻。馬仲良時榷吳關，亦勸予應梓人之求，可以療飢。予曰：此等書必遂有人板行，但一刻則家傳戶到，壞人心術，他日閻羅究詰始禍，何辭置對，吾豈以刀錐博泥犁哉？仲良大以為然，遂固篋之。未幾時，而吳中懸之國門矣。然原本實少五十三回至五十七回，遍覓不得，有陋儒補以入刻，無論膚淺鄙俚，時作吳語，即前後血脈，亦絕不貫串，一見知其贋作矣。

6　同注4。

7　見謝肇淛《小草齋文集》卷24，崇禎五年刻。

8　參閱旅美學人馬泰來〈諸城丘家與《金瓶梅》〉一文：「在四十一年至四十四年，謝肇淛並不在北京。因此丘志充和謝肇淛相熟，並借予《金瓶梅》抄本，只可以是萬曆四十四年（1616）初創萬曆四十六年（1618）七月，謝肇淛離北京往雲南以前三年間之事。」那麼，謝氏此文應寫在抄得丘之「十五」《金瓶梅》稿後而寫，可能時在天啟初矣！

1.這段話是緊接著上句：「因與借抄挈歸」來的。吳晗、鄭振鐸、魯迅等人，之所以判定《金瓶梅》初版於萬曆三十八年（1610），就是依據此一文句的連貫語意來的。如不是尋到了「馬仲良時榷吳關」的時間，是萬曆四十一年到四十二年。試問，我們僅從沈氏這段話的行文語意說，誰也不能判定「吳友馮猶龍見之驚喜，慫恿書坊以重價購刻。馬仲良時榷吳關，亦勸予應梓人之求，可以療飢。[9]」這時是萬曆四十一、二年的事；距離沈德符在京城向袁小脩抄得全本「挈歸」已四年有奇矣！

2.顯然的，沈德符（《萬曆野獲編》）的這些話，幾乎句句都隱藏著暗示。我們如從「暗示」去尋求問題，那麼，馮夢龍的「見之驚喜」與「慫恿書坊以重價購刻。」又何止是暗示？簡直是明示馮夢龍是「慫恿書坊以重價購刻」的人物。馬仲良的「亦勸予應梓人之求，可以療飢。」更是加強了上句馮夢龍之「慫恿書坊以重價購刻」的事，必然會產生。何以？此等書之深為書坊青睞也。既有人願以「重價購刻」，自可想知此書之多麼會有銷路。

3.可是沈德符不願意出售，理由是：「此等書必遂有人板行，一刻則家傳戶到，壞人心術。他日閻羅究結始禍，何辭以對？予豈以刀錐博犁泥哉！[10]」仲良大以為然。遂固篋之。這番話更是鮮明的明示。所以我們能從這番話，體會到《金瓶梅》這部書，之所以傳抄了二十年沒有刻本，乃有其現實社會需求以外的原因。所以「此等書必遂有人板行，一刻則家傳戶到。」乃指的是萬曆四十五年（1617）以後的《金瓶梅》，當然是我判斷的那個改寫本了（即今見的《金瓶梅詞話》），不可能是初期傳抄（萬曆二十四年間）的那部未寫完的《金瓶梅》。若是同一部，當是不可能在萬曆那個淫風奢靡的時代，竟無書坊「以重價購刻」的。儘管社會上多的是沈德符這樣的深怕「壞人心術」又怕死後閻羅王會「究結給禍」招致下地獄的人，卻也免不了還有人不怕「以刀錐博犁泥」。那時，社會上已有不少比《金瓶梅》更淫穢的書籍倡行，都市上出售淫書淫畫淫器的商店，全是公開的呢！[11]自不是沈德符「固篋之」，就能阻礙是書之梓行的。想來，《金瓶梅》一書之遲遲無人梓行，除了阻礙於政治因素，曷得再有他因？所以改寫後的《金瓶梅》，「未幾時而吳中懸之國門矣」！

4.又說：「原書實少五十三回至五十七回，遍覓不得，有陋儒補以入刻。無論膚淺

---

9 馮夢龍與馬仲良的這些說詞，是否確有其事？今所能見者，悉為《萬曆野獲編》片面之詞。尤其馬仲良，其所遺《鈔遠堂集》，經查亦無隻字及乎此事，且亦未提《金瓶梅》。

10 「犁泥」一詞，意為舌發狂辭，當下犁舌之獄。犁，舌耕也，泥，喻地獄也。《剪燈新話》〈令狐生冥夢錄〉：「敢為狂辭，誑我官府，合付犁舌獄。」

11 明佚名者著《如夢錄》，〈街市紀第六〉記有開封市衢有淫店七家，公開售賣春畫及淫事用物。（1984年8月河南中州古籍出版社鉛字印行本）。

鄙俚，時作吳語，即前後血脈，亦絕不貫串，一見知其贗作矣！」此一問題，我曾寫有專文（見拙作《金瓶梅審探》民國 71 年 8 月臺北商務印書館印本第一篇：〈論沈德符「有陋儒補以入刻」之金瓶梅五回〉），曾對照了《金瓶梅詞話》，證明不能與沈氏此說印證。今又比勘二十卷本「崇禎本」，竟發現崇本之五十三、四兩回，確有補寫現象。這麼一來，則沈氏此話中的「有陋儒補以入刻」的「陋儒」，指的是改寫二十卷本者呢？還是十卷本？更需要吾人去一一探討推論。

至於「吳語」，我已說過多次，全書各回都能尋得，非僅囿於五十三至五十七之五回也。

5.若是等情，益發證明了沈氏（《萬曆野獲編》）的這番話，乃明示或暗示的說辭，無從以史實來作契對的。奉請賢者三思之焉！

五、聞此為嘉靖間大名士手筆

> 聞此為嘉靖間大名士手筆，指斥時事，如蔡京父子，則指分宜，林靈素則指陶仲文，朱勔則指陸炳，其他各有所屬云。

1.最早刻出的十卷本《金瓶梅詞話》，其中明明有一篇〈別頭巾文〉（在五十六回）。在《開卷一笑》中是託名屠隆（一衲道人）的作品（也許是屠隆的遊戲之作）。沈德符寫此文時，怎能不知？按《開卷一笑》梓行於萬曆末天啟初，沈氏的這篇論金瓶梅，寫於天啟以後，不可能沒有見到《開卷一笑》。此文偏說「聞此為嘉靖間大名士手筆」，得非言此而意彼乎？可以說是故指岔途。多年以來，不是導入了不少人在這條岔道上走了冤枉路嗎？

2.關於下說的「指斥時事」，自是合乎《金瓶梅》的內容的。至於說蔡京父子指「分宜」（嚴嵩父子），林靈素指「陶仲文」，朱勔指「陸炳」。則《金瓶梅》並無足夠的故事與情節來「指斥」其「時事」。尤其是林靈素，始終未登場，如何與陶仲文比況？就是朱勔，也僅在第七十回代天子視牲回來，寫了一段這位太尉的威風氣勢，亞賽天子而已。這副威赫之勢，嘉靖朝的陸炳，何嘗具有？也是比況不上的。「其他各有所屬」之說，如以之與第一回的入話，第七十一回的一年兩冬至等隱喻作「時事」之「指斥」，則誠有「所屬」[12]耳。

12　《金瓶梅詞話》第一回，寫劉邦寵戚夫人有廢嫡立庶的入話等，第七十一回寫朱太尉代天子視牲回朝，其威勢賽過天子，意其「所屬」之「時事」，或非指大臣也。

六、《玉嬌李》的問題

> 中郎又云，尚有名《玉嬌李》者，亦出此名士手，與前書各設報應因果。武大後世化為淫夫，上烝下報，潘金蓮亦作河間婦，終以極刑，西門慶則騃憨男子，坐視妻妾外遇，以見輪迴不爽。中郎亦耳剽，未之見也。去年抵輦下，從丘工部六區志充得寓目焉。僅首卷耳，而穢黷百端，背倫滅理，幾不忍讀。其帝則稱完顏大定，而貴溪分宜相構亦暗寓焉。至嘉靖辛丑庶常諸公，則直書姓名，尤可駭怪，因棄置不復再展，然筆鋒恣橫酣暢，似尤勝《金瓶梅》。

1.如照沈德符（《萬曆野獲編》）的這一記述，堪知《玉嬌李》乃《金瓶梅》的續書，而且是報復《金瓶梅》者。一如《水滸傳》之有《蕩寇志》（所謂《後水滸傳》），《紅樓夢》之有《紅樓圓夢》等等。若是情形，往往是後人好事或出版者承其前書餘緒，以謀蠅利的行為，不大可能是一人自作正反之說的「亦出此名士手」。說「中郎亦耳瞟，未之見也。」

2.可是，沈德符說他在京城丘工部六區處，見到了這部《玉嬌李》，僅閱了首卷，就見到了「穢黷百端，背倫滅理，幾不忍讀。」像這麼一部「穢黷百端」的小說，居然在萬曆朝沒有傳抄開來？「此等書」居然「無人板行」？卻也很難令人相信有這麼一部小說。

3.「其帝則稱完顏大定」，當是以元朝為背景的。「而貴溪分宜相構，[13]亦暗寓焉。」萬曆朝的人，寫小說諷諭前朝嘉靖間的時事，亦不致受到政治上的麻煩。在明代，新君登極後，為前朝翻案還其清白又加追封的事，多的是。儘管「嘉靖辛丑[14]諸公，則直書其名。」也不至於受到政治的干擾。縱然有政治干擾事件，明代的史書或野史，亦當有記述。憾然未之見也。所以我推想此所謂《玉嬌李》也者，極可能是袁中郎等人曾經計畫中的一部《金瓶梅》續書。後來，未成事實。沈德符（《萬曆野獲編》）特在此傳塗一筆，以壯（狀）所聞而已。

（不過，斯乃我個人的推想。）

---

13 「貴溪」指夏言，江西貴谿人，「分宜」指嚴嵩，江西分宜人，同時在嘉靖朝堂問政，夏言居首輔嚴嵩暗中構陷之。此一史實，賦寓於萬曆朝之小說，自亦無礙焉！

14 此所謂「嘉靖辛丑諸公」，蓋亦指貴溪、分宜相構事。辛丑，嘉靖二十年（1541）也。是年八月罷夏言，十月夏言再入閣（郭武定獄死）。

七、此書不知落何所

丘旋出守去，此書不知落何所。

1.最妙的便是文末的這一句，竟說他在丘工部處讀到《玉嬌李》這部書之後不久，丘就出京到外地做官去了。於是，「此書不知落何所」？怪哉！藏書人只是到京城以外的地方作官去了，離開京官的職務而已，怎的會說出「此書不知落何所」呢？但一查史實，此一問題的答案有了。

2.按「丘工部六區」，名志充，字六區，山東諸城人。萬曆三十一年（1602）舉人，庚戌（三十八年）科會士（未參加殿試），癸丑（四十一年）進士。曾任工部主事、郎中，萬曆四十七年（1619）外放河南汝寧府知府，翌年到任。後來外任磁州兵備副使，四川監軍副使，湖廣副使，分守荊西道。再升河南按察使，山西右布政使，可以說官運亨通。但卻於天啟七年（1627）因行賄謀京堂，為東廠查悉，隸鎮撫司論罪，判死刑；崇禎五年棄市。[15]

當我們瞭然於丘志充的史策，自可洞洞然明悉沈氏（《萬曆野獲編》）這句「丘旋出守去，此書不知落何所」的語意安在矣！原來丘志充六區犯了法，判了死刑，所以沈氏感慨的說：「此書不知落何所」？

3.雖然，沈德符（《萬曆野獲編》）的這則論及《金瓶梅》的文件，未注寫作的年月日時，但從「丘旋出守去」的時間「萬曆四十七年下半年至萬曆四十八年上半年」，來推想上句「去年抵輦下」，在「丘工部六區」處讀到《玉嬌李》的時間，最早也不會上踰萬曆四十七年底。蓋此話必須說在丘之離京後也。至於沈氏（《萬曆野獲編》）這篇文章的完成（或經改寫過）時間，可能在丘氏棄市後。最早的寫作時間，似亦不會上踰於天啟七年。蓋丘之犯法逮下鎮撫司受審，乃天啟七年事。案成死刑，則當在崇禎。是以我推想沈氏（《萬曆野獲編》）此文之寫成時日，按在丘氏棄市後，較比合乎事理。不是嗎？

4.沈德符（《萬曆野獲編》）這篇短文，從文辭上看，可以說是辭清意順，從語意上看，便會發現到言語多有詭詐之處，即我上論者也。若再從史實之據，來進行探討，就會見到沈氏（《萬曆野獲編》）設了不少暗門，尚有賴智慧之鑰去一扇扇的開啟。我總感於沈德符（《萬曆野獲編》）的這一文件，隱藏了不少的暗示。尤其是《金瓶梅》的作者是誰？亦寶藏其中也。

5.我還懷疑這一文件非沈德符所作呢！

15　參閱美國學人馬泰來寫〈麻城劉家與《金瓶梅》〉一文，原刊 1982 年《中華文史論叢》第 1 輯，今附錄於拙作《小說金瓶梅》（臺北：臺灣學生書局，1988 年 2 月），頁 315-328。

佰　《金瓶梅》的抄本

《金瓶梅》一書，自從袁宏道（中郎）於萬曆二十四年（1596）冬，開始在一封給董其昌的信中傳揚開來，卻未在社會上流傳。是否曾在文友之間傳抄？至今尚無史料可證。直到萬曆三十四年（1606）方再傳出它的消息。

傳出此一消息的人士，仍舊是袁宏道（中郎），他把《金瓶梅》一書，寫在他的作品《觴政》文中；以之配《水滸傳》為「逸典」。作為酒場甲令。

何以《金瓶梅》一書問世十年，竟然在社會上無聲無息？直到十年後方又傳出它的行踪？

這些，全是問題，需要一一審探究竟。

這些，牽連到的問題，細究起來，可是太多了。

諸如：稿本的傳抄，與此有關；刻本的底本，與此有關；成書的年代，與此有關；全稿的問題，與此有關；作者的問題，更是與此有關。

所以，本書在論及《金瓶梅》的作者問題之時，首先要討論的，應是此一傳抄問題；此一問題，尚無人去深入探討呢！

由於此一問題，之間有著十年時間的空白，在討論此一問題時，不得不分作兩個階段來立說。

一是初期抄本。

一是後期抄本。

一、初期抄本

儘管明代論及《金瓶梅》的人士，都詬病於該書的淫穢部分，認為「決當焚之」或付之「坑灰」，但明朝並無淫穢文字或畫圖，干犯公禁的歷史紀錄。相反的，售賣淫事的「淫店」，則林立於都市。

（明崇禎年間，一位佚名的人士，寫了一本《如夢錄》，紀述汴洲的人文里巷等等，其中〈街市紀〉（第六），則記有「淫店」數家，校注者孔憲易先生說：「書中記淫店者，凡七處。俱在鐘樓南北，省最高官署左右。」且寫明售賣「廣東人事、房中技術等淫事用之藥物、器具各色。此種店肆居然設在巡撫、布政、按察、都指揮諸署附近，而省大吏置若罔聞，足證明代上層淫靡之風。」摘錄 1984 年 8 月河南中州古籍出版社出版之《如夢錄》本。）

像這種晚明歷史上無可抹煞的社會現實，試想，《金瓶梅》這樣內容的小說，可能在問世之後，十年之間，只在袁宏道兄弟手上，未曾流入其他人士手中嗎？

要不然，怎的竟會在這十年的漫長歲月裡，到如今還沒有發現其他的人士，提到《金瓶梅》三字？

（在萬曆二十四年（1596）到萬曆三十四年（1606）這整整十年間，卻祇有袁宏道（中郎）寫給董其昌（思白）的一封信，談到《金瓶梅》。）

想來，這麼一件具有歷史因素的問題，從事《金瓶梅》研究的人士，怎能不去考量？怎能不去探索？

自從袁宏道傳出《金瓶梅》一書之後，十年之間，竟無第二位當代人士再提到《金瓶梅》。

（直到今天，我們還沒有發現第二人提到《金瓶梅》的資料。）

從晚明的歷史來看，《金瓶梅》之未能廣事傳抄，尤其是它問世十年來，竟無第二人說到它，並不是由於它內容的淫穢問題。已有史實的紀錄證明，明朝不禁淫書不禁淫畫。

那麼，此一問題，應是什麼原因呢？

在我以為，除了政治的歷史因素，我們很難尋到其他足以形成此一問題（問世後的十年間，便無聲無息）的原因。所以我推想最早問世的《金瓶梅》抄本，是一部關乎政治諷諭的小說；諷諭的對象極可能是他們的「今上」。這一點，袁宏道的信上文辭，已經說明了：「伏枕略觀，雲霞滿紙，勝枚生〈七發〉多矣！」

所謂「雲霞滿紙」，蓋指的是文辭上的隱喻，有高超微妙的文辭如雲霞之布乎天也。勝過枚乘的〈七發〉，更是明白的指出。枚乘的〈七發〉一文，便是一篇關乎政治的散文賦，所謂〈七發〉，歷述七事以發楚王子的政治心疾。〈七發〉文在《昭明文選》，毋庸細述的了。

問題是，這最早傳出的《金瓶梅》抄本，其內容是不是我們今天還能讀到的這部《金瓶梅詞話》或崇禎本《繡像批評金瓶梅》？

此一問題，如從歷史因素去推想，不可能是。

何以？「此等書必遂有人板行」也。（《萬曆野獲編》語）

此一初期的抄本《金瓶梅》，竟然在傳揚出來之後，漫漫十年間，再無別人提到它，即可以基此認定袁宏道最早讀到的抄本《金瓶梅》，不可能是今見之《金瓶梅詞話》或崇禎本《金瓶梅》。

（袁中道（小脩）記在《遊居杮錄》中的話，另文再予研判推論。）

至於今之《金瓶梅詞話》與崇禎本《金瓶梅》，乃兩部不同的改寫本，應是肯定的。然而它們與最早的抄本《金瓶梅》，究有多少同異之處，可就很難說了。總之，在《金瓶梅詞話》中，還殘餘不少有關政治諷諭的痕跡。我與黃霖兩人，在這方面已耗去了不少心力。遺憾的是，某些人士為了保護自己的權威，強不承認而已。

正由於初期抄本《金瓶梅》，是一部諷諭今上有關宮闈事件的說部，故而傳揚出後，便無人再敢提起。甚而最初傳揚出的《金瓶梅》一事，不惟無人再予說起，反而企圖來掩飾《金瓶梅》一書，是有關於政治諷諭的內容呢！所以有了《觴政》這一酒令的引發，跟著，從萬曆三十四年（1606）的《觴政》之後，談論《金瓶梅》的文字，便一篇繼一篇出現了。

（除了袁宏道於萬曆二十四年寫給董其昌的信，首先說到《金瓶梅》，其餘所有論及《金瓶梅》的文章，寫作的時間，都在萬曆三十四年之後，足以為證焉！）

二、後期抄本

何以，《金瓶梅》在萬曆二十四年（1596）冬被袁宏道用文字傳揚出來之後，竟一直無聲無息的整整十年，到了萬曆三十四年（1606），方始再由袁宏道的《觴政》，傳出了它的消息？從此纔有人跟著談論到它？

推想起來，委實有個微妙的問題，涵泳在這漫漫十年的歲月裡。

這個微妙的問題，可從袁宏道寫給董其昌那封信上的一句話尋求答案。

「《金瓶梅》從何處得來？」

袁宏道的這句問話，迄今還沒有答案。

真的沒有答案嗎？似不可能。董其昌總有來處。

如以情理推想，此一答案，袁宏道必然是得到了的。不僅此一答案得到了，可能連作者是誰，也知道了。

當袁宏道知道了《金瓶梅》的作者是誰？再一印證那「雲霞滿紙」的喻意，以及且「勝枚生〈七發〉多矣」的《金瓶梅》，自能鑿然於作者寫作《金瓶梅》的動機（原來是諷諭今上的），焉敢再事張揚嗎？

此一推想，似是《金瓶梅》初期抄本之遲遲十年間，無人敢再論及的原因。

除了這一原因，還有別的更合適的原因，來解釋此一問題嗎？

此一問題，我們可以從明代各家論《金瓶梅》的文辭中，蠡測出一些跡象出來。

(一)袁宏道（中郎）的《觴政》

萬曆二十四年冬，袁宏道寫給董其昌的信，說到《金瓶梅》，一下筆便問：「《金瓶梅》從何處得來？」但此問的下文，便是《觴政》之作：

傳奇則《水滸傳》、《金瓶梅》為逸典。不熟此典者，保面甕腸，非飲徒也。

《觴政》一文，作於萬曆三十四年秋抵京之後，到翌年夏之間。這時，《金瓶梅》尚在文人手上傳抄，並無刻本。袁宏道居然把《金瓶梅》與《水滸傳》並列寫入酒令。兼且說：「不熟此典者，保面甕腸，非飲徒也。」這話豈非強人所難？書未梓行，他自己也無全本，如何能熟此典？

（在我想來，這時的袁宏道，已在暗示《金瓶梅》將有刻本矣！豈非已在計畫改寫付刻事乎？）

(二)屠本畯（田叔）的《觴政》跋

不審古今名飲者，曾見石公所稱逸典否？

屠本畯的《觴政》跋文，開頭就問古今名飲者，有未見過袁石公（宏道）所稱的「逸典」（《金瓶梅》）？跟著又說：「按《金瓶梅》流傳海內甚少」，此語便明指袁石公「所稱」的「逸典」，古今各飲者，未必能讀到。

屠本畯也未讀到《金瓶梅》全本，他說：

書帙與《水滸》相埒。相傳嘉靖時，有人為陸都督誣奏，朝廷籍其家。其人沉冤，托之《金瓶梅》。王大司寇鳳洲先生家藏全書，今已散失。往年予過金壇，王太史宇泰出此，云以重貲購抄本二帙。予讀之，語句宛似羅貫中筆。復從王徵君百穀家，又見抄本二帙，恨不得睹其全。

屠氏只讀了四帙，不知共有幾回。其他說詞，全是聽來的，所謂「相傳」也。不過，最後兩句，則頗含深意：

如石公而存是書，不為託之空言也。否則，石公未免保面甕腸。

這話則已指出袁宏道的《觴政》，竟把《金瓶梅》寫入了酒令之不當。若是自己連此書的全本也無有，那就是「託之空言」，則自己也未必能「熟此典」，豈不是袁宏道自己亦「保面甕腸」耶？

可以說，屠本畯的這篇《觴政》跋文，卻也暗示了袁石公之尚無《金瓶梅》全本，更寫了一句「按《金瓶梅》流傳海內甚少」，暗示了《金瓶梅》的全稿，可能不會再有。遂責袁宏道之《觴政》把《金瓶梅》寫入酒令，作為「逸典」之不當。

從行文觀之內涵，得非若是乎！

(三)沈德符（景倩）《萬曆野獲編》的論《金瓶梅》

袁中郎《觴政》以《金瓶梅》配《水滸傳》為外典，予恨未得見。丙午（萬曆三十四年）遇中郎京邸，問：「曾有全帙否？」曰：「今惟麻城劉延白承禧家有全本，蓋從其妻家徐文貞錄得者。」……

這時（萬曆三十四年）袁氏尚無全本，但卻透露了《金瓶梅》已有全本的消息，全本在麻城劉承禧家。

（暗示了《金瓶梅》與麻城劉家有淵源。）

又三年，小脩上公車，已攜有其書，因與借抄挈歸。

算來，「又三年」自是萬曆三十七年（1609）。

在此，可不必問此一抄本是否真的從袁小脩抄來？但沈德符卻說明了他已有了《金瓶梅》的全本。

又說：

吳友馮夢龍見之驚喜，慫恿書坊以重價購刻；馬仲良時榷吳關，亦勸予應梓人之求，可以療飢。予曰：「此等書必遂有人板行，但一刻則家傳戶到，壞人心術，他日閻羅究結始禍，何辭以對？吾豈以刀錐博泥犂哉！」仲良大以為然，遂固篋之。未幾時，而吳中懸之國門矣！

沈德符的這段話，說明了這時「吳中懸之國門」的《金瓶梅》，不是他從袁氏兄弟手上抄來的底本。

這話卻也暗示了《金瓶梅》的傳抄本，來源並非祇是他與袁氏兄弟這一條路線。

又說：

然原本實少五十三回至五十七回。遍尋不得，有陋儒補以入刻，無論膚淺鄙俚，時作吳語，即前後血脈，亦絕不貫串，一見知其贋作矣！

這段話，說明了「吳中」的這一刻本，與他手上的這一刻本不同。他們手上的這一部抄本，缺五十三至五十七回五回。刻本的這五回，則是「陋儒補以入刻」的，有文辭上的「膚淺鄙俚」與「時作吳語」及「前後血脈」之「絕不貫串」等情事。

此一問題，究竟指的是《金瓶梅詞話》呢？還是《新刻繡像批評金瓶梅》（崇禎本）？此處暫不討論，留待另文，再來細說。我們在此只拿這段話，說明一件事，「吳中懸之國門」的這一部《金瓶梅》刻本，並非他們手上的抄本。

更說明了，「吳中」的這一刻本，與他們手中的抄本，有不同之處。文中所說，可能祇是其一而已。

(當然，沈德符的這番話，涉及的問題甚夥，此處祇論抄本，不便橫生枝節其他。)

(四)謝肇淛(在杭)**的〈金瓶梅跋〉**

謝肇淛的〈金瓶梅跋〉(《小草齋文集》)論及他手中抄本時，曾說：

> 書凡數百萬言，為卷二十，始末不過數年事耳。

謝氏的這句話，說明了他手中的抄本是二十卷本。

謝氏的抄本，來自兩處，一是「於中郎(袁宏道)得其十三」，二是「於丘諸城(丘志充)得其十五」。

由此看來，袁氏兄弟以及沈德符、丘志充、謝肇淛等人手上的抄本，全是二十卷本。

那麼，「吳中懸之國門」的刻本，底本是不是二十卷本？業已說明矣！

此一問題，應向刻本去尋求。

總之，《金瓶梅》在後期傳抄時，已有兩種不同的底本。

仟　《金瓶梅》的刻本

說起來，《金瓶梅》的刻本，並不複襍。連同清康熙年間的張竹坡評批本，也不過三種；且竹坡本的底本乃明之「崇禎本」（《新刻繡像批評金瓶梅》）。實際上，若以小說的內容來說，卻只有兩種：

《新刻金瓶梅詞話》

《新刻繡像批評金瓶梅》

這兩種刻本，在內容上，頗多不同之處。

由於前者《金瓶梅詞話》有東吳弄珠客書於萬曆四十五年（丁巳）季冬的敘文，故習稱之為「萬曆本」。後者《新刻繡像批評金瓶梅》，因有崇禎間新安刻工之插圖，鄭振鐸寫〈談金瓶梅詞話〉時，斷之為「崇禎本」。一直習稱至今。（實際上，確是崇禎本）

雖然版本祇有這兩種，但光是這兩種版本所糾葛出的問題，卻相當的複什。可以說比《紅樓夢》的版本，還要葛藤得多。

譬如《新刻金瓶梅詞話》是十卷本，（十回一卷，百回十卷。）《新刻繡像批評金瓶梅》是二十卷本，（五回一卷，百回二十卷。）這種卷帙不同的編幀，在版本學上說，大多僅有別於編幀，涉乎內容，關乎作者等問題者，則尠。然而《金瓶梅》一書的十卷與二十卷本之別，卻糾葛了不少有關內容與作者等枝節問題。

此一問題，非常值得我們探討。

一、十卷本與二十卷本的問題

(一)十卷本（《新刻金瓶梅詞話》）

該書首葉題〈金瓶梅詞話序〉一篇。計五葉有半葉。六行十二字，作序者為「欣欣子」（刻體字）。次為「廿公跋」一葉，五行十二字（寫體字）。再次為「東吳弄珠客」序於「金閶道中」的〈金瓶梅序〉兩葉，七行十四字（寫體字）。前題「新刻金瓶梅詞話」。

另，前置辭兩種，各四闋，計三葉，八行十六字，刻體字。再後是目錄，半葉十一行二十四字，與正文同，計十葉。卷首題：「新刻金瓶梅詞話」。

本書十回一卷，計十卷，各卷首題「新刻金瓶梅詞話」。頁心題「金瓶梅詞話」。上白魚尾，下刻回數及頁碼。

此書存世者，今見衹有三部又殘卷二十三回。

一存臺北故宮博物院，一存日本日光山輪王寺慈眼堂，一存日本德山毛利氏棲息堂。另一殘本二十三回存日本京都大學。

存世各本，業經版本學家考訂清楚，乃同一木板所刻印，僅有日本德山毛利家藏本之第五回，末葉有九行異辭，足以證明該刻曾印過兩次。（再印時有一板塊損壞，乃循上下文補以入刻者。）

正由於此刻有東吳弄珠客書予萬曆丁巳（四十五）季冬的敘文，是以向被稱之為「萬曆本」。

但此一刻本之終究刻於何年？至今尚有異說。這些異說，也是問題的枝節。需要在此提出論說。

1.十卷本是第二次刻本說

認為該本（有欣欣子與東吳弄珠客敘者）是第二次刻本者，先後有兩說。

一是鄭振鐸在其所寫〈談金瓶梅詞話〉一文中的說法（見民國22年7月《文學》1卷1期）。他的理由是根據沈德符（《萬曆野獲編》）的文章立說的。若是依照《萬曆野獲編》的話，《金瓶梅》在萬曆三十八年就出版了。即沈說「吳中懸之國門」的那一部。今已不見，今見的這一部是北方刻本。就是東吳弄珠客敘於萬曆丁巳（四十五）的這一部。（鄭氏此說與他斷定《金瓶梅》初版於萬曆三十八年的那一本是南方刻本。）

二是今人大陸劉輝先生在其所寫〈金瓶梅版本考〉一文中的說法（見劉著《金瓶梅成書與版本研究》遼寧人民出版社1986年6月版）。他也認為今見之《金瓶梅詞話》是第二次刻本。與鄭振鐸的說法不同處有二：一是今見之十卷本乃「翻刻」，翻刻於萬曆四十七年，二是這一翻刻本的原刻本，刻於萬曆四十五年，即沈德符（《萬曆野獲編》）文中的那部「未幾時而吳中懸之國門」者。理由是今見之《金瓶梅詞話》有「新刻」二字，且有「欣欣子」敘。明朝人，無人提到「欣欣子」敘，足證此本是第二次刻本。「欣欣子」敘是第二次翻刻補進去的。

這兩人的說法，都涉及沈德符的那句：「吳中懸之國門矣」的話。同時，劉輝的說法，還涉及「欣欣子」。但此問題，還有另一種類似而不同的說法。

2.十卷本刻於二十卷本之後說

香港友人梅節先生，從事校勘《金瓶梅詞話》，首先發現到它與所謂「崇禎本」，乃是從兩個不同的傳抄底本而來。他說：當「二十卷本風行一時，書林人士見有利可圖，乃梓行十卷本《金瓶梅詞話》。為了招徠讀者，除錄入二十卷本之弄珠客敘，廿公跋外，另撰欣欣子敘，作為公關手段。十卷本《新刻金瓶梅詞話》雖更接近說話底本，它的刊行卻在二十卷本之後。……」（見香港星海文化出版有限公司1987年8月出版梅節校點《金瓶梅

詞話》前言二）

梅節先生的這番話，指出《金瓶梅》一書，在傳抄時代就有兩種不同的底本，確是一大創見。這一創見，從謝肇淛之〈金瓶梅跋〉文中的「為卷廿」一語，即可證實。梅節先生在從事校點時，獲得了此一問題的悟及而提出，將為《金瓶梅》的研究，再開新局，其功大焉！

不過，梅先生認為十卷本（《新刻金瓶梅詞話》）的梓行，後於二十卷本（《新刻繡像批評金瓶梅》），其所據理由只是援於明代人論及《金瓶梅》者，無人提到「欣欣子」與「蘭陵笑笑生」的情事。

此一問題，以及劉輝先生的今之《新刻金瓶梅詞話》是第二次刻本，刻於萬曆四十七年等說，究竟誰的說法為是呢？在我看來，劉、梅兩家的說法，都有問題。

我們不妨去據理推繹之。

3.劉、梅兩家之說的問題

先說劉輝先生的「十卷本是第二次刻本說」之何以不能成立？

(1)「新刻」一詞，並非「舊刻」之對。在版本學上說，「重刻」方是舊有刻本之重行雕版印刷之對。一般說，凡加上「新刻」一詞的書，只是向讀者說明這書是新刻的，不是舊版重行刷印。在明朝的出版界，用舊版改頭換面當新刻發行者，太多了。是以有些出版者，往往加上「新刻」二字。

(2)《金瓶梅》一書，篇帙皇鉅，全書踰千板（全葉），其梓行不惟耗資大，且非一年半載可成書。劉輝先生既然認為沈德符（《萬曆野獲編》）文中的「吳中懸之國門」的那一部，刻於萬曆丁巳（四十五）季冬。抵萬曆四十七年，為時不過二載。也就足以說明在《金瓶梅詞話》初版未久，另一家即據新出版之這部十卷本「翻刻」了。

從情實去推想，這說法是不可能的。

要知道古時的「翻刻」，不是今天的「翻印」，可以照相製版，送上印刷機，不日竣事。古時的「翻刻」，刻工是同樣的，必須一刀一刀的雕出字來。

那麼，劉輝先生的推論如果是對的，足以證明《金瓶梅》一書，在當時是搶手貨，未兩年，就有另一家「翻刻」了。說來，我又不禁要問：既然「新刻」，又何必去「翻刻」呢？何不自立行款，自設新樣？

再說，何以至今所見之十卷本《新刻金瓶梅詞話》，祇有一種刻本？如照劉輝先生的想法，此一十卷本之《金瓶梅詞話》，傳世者，似乎不會是僅此一種。

此一問題，我後面再論。

再說梅節先生的「十卷本刻於廿卷本之後說」。

如今，我們業已肯定二十卷本（《新刻繡像批評金瓶梅》）是崇禎年間的刻本。那麼，梅先生的此一說法如果是對的，則十卷本（《新刻金瓶梅詞話》），最早也得刻於崇禎間。崇禎的歷史紀年，一共只有十六年零三個月有十九日。在崇禎的這十六、七年間，遍地烽煙。二十卷本的四種，全刻於崇禎年間，再有一種十卷本加入行列，也是大有可能的。但卻有一問題，存乎十卷本中，那就是這個十卷本，沒有避諱字。

按明代之有避皇帝名諱的規定，始於天啟。刻板應避帝名的法令，頒於天啟元年（見李清志著《古書版本鑑定研究》，文史哲出版社 1986 年 9 月版），大凡明朝天啟三年以後的刻本，天啟帝名「由校」之「校」字，率多刻為「較」字，或「挍」字。（刻為「較」者多）到了崇禎，則避「檢」為「簡」。有時，把「校閱」改為「參閱」，也是避開「校」字的刻法。

但在十卷本（《新刻金瓶梅詞話》）中，則既未避「校」字，也未避「檢」字。

所以，我們把這部十卷本（《新刻金瓶梅詞話》）的梓行時間，放在崇禎年間，便很難有人認同了。

能把它放到清初的順治年間嗎？

不見得會有人同意這部十卷本（《新刻金瓶梅詞話》）是清朝刻本。

還有另一個問題，沈德符（《萬曆野獲編》）的那句「未幾時而吳中懸之國門矣」的話。

我們在論及傳抄本時，即已肯定沈德符手中的抄本，與謝肇淛一樣，都是向袁中郎抄來。謝肇淛說了，是二十卷本（為卷廿）。

但從沈德符（《萬曆野獲編》）的這句話之語氣，以及後面說到的「原書實缺五十三回至五十七回，遍覓不得，有陋儒補以入刻，無論膚淺鄙俚，時作吳語，即前後血脈亦絕不貫串，一見知其贋作矣！」也都說明了《金瓶梅》的最早刻本，先於他們手上的二十卷本。

試想，這一部「吳中懸之國門」的《金瓶梅》，如果不是我們今見的這部十卷本《新刻金瓶梅詞話》，是不是在這部十卷本之前，還有一部刻本呢？

此一問題，早年的鄭振鐸等人，以及今之劉輝，都是這樣懷疑的。

除非，我們可以肯定在這一今見的這部十卷本《新刻金瓶梅詞話》之前，還另有一部「吳中」刻本，否則，我們沒有理由可以說這部十卷本（《新刻金瓶梅詞話》）是二十卷本之後的刻本。

另外，還有一個問題呢？

所有明代論及《金瓶梅》的人士，無人曾在萬曆四十五年（1617）之前見過《金瓶梅》刻本。

那麼，在這部刊有東吳弄珠客書於萬曆丁巳（四十五）季冬序文的《金瓶梅詞話》之前，再有一部刻本《金瓶梅》的設想，可就很難成立了。

在沒有獲得新的證據，來證明萬曆四十五年（1617）以前，還有一部《金瓶梅》刻本，我們應該承認今之十卷本《新刻金瓶梅詞話》，就是《金瓶梅》的初刻本。

(二)二十卷本（《新刻繡像批評金瓶梅》）

該刻共有四種刻本，前已述及。

我國藏有兩種：

(A)北京首都圖書館藏（原孔德學校藏本）

(B)北京大學圖書館藏（原馬廉藏本）

日本藏有兩種：

(C)東京內閣文庫藏

(D)奈良天理圖書館藏

存世之二十卷本（《新刻繡像批評金瓶梅》），今見者僅上列之四種。但如以行款論，卻只有兩種。

「北京首都圖書館」本與日本「內閣文庫」本同。

該刻封面題「新刻繡像批評原本金瓶梅」，正文半葉十一行，行二十八字。首東吳弄珠客敘，次廿公跋。圖百零一幅（五十葉又半葉）。版心上題「金瓶梅」，中為某卷某回，下為頁碼，無魚尾。有眉評，行批。

五回一卷，每卷首刻「新刻繡像批評金瓶梅卷之？」，每卷五回連續，不另起頁。

無欣欣子敘。

此刻與日本內閣文庫本同。（內閣文庫本失去圖及敘跋。）

「北京大學圖書館本」與日本「天理圖書館本」同。

亦題稱「新刻繡像批評金瓶梅」。正文半頁十行，行二十二字。圖百葉，計二百幅。版心刻「金瓶梅」，中為第某回，下頁碼，無魚尾。（天理本東吳弄珠客敘五行十字。）

亦五回一卷，但每回均另起頁。

無欣欣子敘。其他敘同。（天理缺廿公跋）

此刻與日本天理圖書館本同。

上列四種二十卷本，彼此間的相異處，在眉批的行款上分別。

日本內閣本的眉批，是三字一行。不知北京首都圖書館本之眉批行款是怎樣的？劉輝先生的〈金瓶梅版本考〉，不曾說到這一部分。不知是同？還是異？

日本天理本的眉批，是四字一行，北京大學圖書館藏本，則是兩字一行。足可證明是兩種不同的刻本。

詳細的情形，尚須比對校勘後，方能肯定說辭。

不過，從劉輝先生影印在《金瓶梅成書與版本研究》（遼寧人民出版社 1986 年 6 月版）上的「北京圖書館」藏本來看，字跡極其漫漶，或是日本內閣本的同版後印。如果眉批的行款同，那就是了。

果爾，則崇禎本《金瓶梅》，袛有三種傳世。

至於日本版本學家長澤規矩也，根據日本內閣文庫本之字體來看，疑該本為天啟中的南京刻本，以及大陸學人劉輝先生之根據「北京首都圖書館」本附圖，在最後一幅圖之空頁上，發現了「回道人」（李漁）的題辭，遂據以推斷該本（崇禎本）乃清初李漁（笠翁）寫定等語，當可由該各刻本第九十五回中之避崇禎帝名諱的「簡」字（吳巡檢刻為吳巡簡），肯定該各刻本，乃「崇禎本」，應是毋須爭論的事實。

然而，此一二十卷本，卻仍糾纏著不少問題。

首先，應去探尋這兩種刻本的底本來處？

1.兩種刻本的底本何來？

雖然，我們在論傳抄本時，即已說明且肯定了在傳抄時代，就有了兩種不同的底本。

這兩種底本，是怎樣形成的呢？

在一開始傳抄，就有兩種底本嗎？

在開始傳抄時，就有兩種底本，似不可能。因為在開始傳抄被袁宏道傳揚出來之後，整整十年無聲無息。自不可能在初期時代就有了兩種不同底本；我認為不可能。

那麼，傳抄時代的《金瓶梅》，有了兩種不同的底本，應是從後期的傳抄時代開始的。換言之，從萬曆丙午（三十四）年（1606）以後纔開始的。

何以《金瓶梅》在後期（萬曆三十四年）傳抄的時代，就有了兩種不同的底本呢？顯然的，有了兩種不同底本的原因，自是有人在從事改寫過了。

也許，在後期傳抄時，兩種不同的底本，已是兩種改寫本。換言之，十卷本與二十卷本，全是改寫本。均有所不同於初期的傳抄本。

從這兩種（十卷、二十卷）底本內容來看，它們確有太多不同之處。只要一經比對，便會斬然地發現，這兩種底本，委實是由兩種意見不同的人，根據同一底本改寫成的。

從傳抄者的言談中，我們業已清楚的蠡知，二十卷本是由沈德符打從袁宏道、董其昌這一條路來的；謝肇淛也是打從這條路來的。這一條路的底本，是二十卷本。

另一條路呢？根據沈德符（《萬曆野獲編》）引述袁宏道（中郎）的話：「今惟麻城劉延白承禧家有全本，蓋從其妻家徐文貞錄得者。」因而我們不禁要去推想，那另一底本的來源，可能是麻城劉家吧？

除此之外，還傳說王世貞（元美）家有全本。

麻城劉家，太倉王家，他們兩家若是真的都有《金瓶梅》的全本，他們又是從那裡來的呢？

今見之十卷本（《新刻金瓶梅詞話》），是不是打從他們兩家的這條路而來呢？

推想起來，此一底本來自麻城劉家，可能性較大。已有人疑設到了。

大陸學人陳毓羆先生近作〈金瓶梅的傳抄付刻及作者新探〉一文（《湖北師院學報》1986年3期）曾作此推想。他認為劉家的這個底本，是由馮夢龍從劉家獲得付刻的。此一推想，我表示同意，留待後文再論。

這裡，我們需要追究的，是劉家的底本何來？

雖然，沈德符（《萬曆野獲編》）引述袁宏道的話，說是劉家的《金瓶梅》全稿，錄自華亭徐家。但這話沒有答案。然而，我們卻能在明代人士論及《金瓶梅》的語意暗示中，獲得一些線索。那就是最早透露出當時（萬曆三十五、六年前後）有了《金瓶梅》全本的人家，只有兩家，一是麻城劉家，二是太倉王家。

何以當時獲有《金瓶梅》全本的人家，只有這兩家？一在麻城。一在太倉。

此一問題，只要一問這兩家的主人是誰？便可獲知梗概。

按麻城劉家是劉守有與劉承禧父子。這父子二人都在錦衣衛任職，劉守有於萬曆初年即任職錦衣衛（以祖廕襲錦衣千戶），在萬曆八年（1580）即是錦衣衛僉書，十一年掌衛事，十二年以後升任都指揮，深受萬曆皇帝寵信。於萬曆十六年（1589）罷官。劉承禧以武舉入選錦衣千戶（一說是廕職），後升指揮，與父同時罷官。太倉王家乃王世貞、王懋兄弟，這二人比劉守有父子的名氣要大，且是傳說了數百年的《金瓶梅》一書的作者。似乎不必再費辭了。

今者，我們認為《金瓶梅》的作者是鄞人屠隆。

按屠隆乃萬曆五年（1577）進士，任潁上（今安徽屬）青浦（今江蘇屬）縣令，遷禮部主事，未一年因事於萬曆十二年（1584）罷官。時劉守有在錦衣衛掌衛事，對屠隆罷官之同情，以及屠罷官後之照顧，屠隆視為義人。（這些事實，載於屠之《白榆集》與《栖真館集》）情誼之篤，堪以管鮑視之。

至於太倉王氏兄弟，也是屠隆在官七年間交契的朋友。情誼之篤，亦范張雞黍也。

我們把話說到這裡，當可悟及明代論及《金瓶梅》之把「全本」指在麻城劉家與太倉王家的暗示，蓋暗示《金瓶梅》的作者，乃這兩家的好友屠隆也。

否則，何以直指這兩家？

照此過程說來，麻城劉家與太倉王家的《金瓶梅》底本，應是「十卷本」，即陳毓羆先生推想到的，由馮夢龍借出（或購來）付刻的《金瓶梅詞話》。二十卷本就是沈德符、謝肇淛以及袁氏兄弟等人手上的那一部。

這樣說來，傳抄時代的兩種抄本，也就是今見之十卷本《新刻金瓶梅詞話》與二十卷本《新刻繡像批評金瓶梅》。豈非涇渭分明了嗎？

當然，這其間還隱藏了不少問題，尚待進一步一一剖析。

2.二十卷本與十卷本的異同

由於二十卷本與十卷本的底本不同，自然內容也有異。

從故事上說，它們全是西門慶為主線的故事。這一點是相同的。

從情節上說，卻有小部分的差異。這情事，可以從兩種刻本的回目上，看得出來。

本文不打算詳細辨析此一部分，只從大處來說好了。（兩本情節異趣部分，需要專文析論。）

十卷本第一回的「景陽岡武松打虎」，二十卷本則是「西門慶熱結十兄弟」；當然，十卷本第一回的楔子「劉邦寵戚夫人有廢嫡立庶之意，以及項羽這位英雄也難捨虞姬而自刎烏山」的說辭，也刪去了。證詞〈眼兒媚〉也更換了。

其他，所有十卷本各回的前後證詩，二十卷本也大都更換了。

十卷本中的戲曲與小唱等等，二十卷本也大多刪除了。

像這等兩種刻本的不同情事，似乎不是原作者形成的，應是改寫造成的。所以我推想當袁宏道（中郎）寫《觴政》一文時，改寫《金瓶梅》的計畫，已經完成了。（也許改寫完成，或將要改寫完成了。）

那麼，今見之這兩種刻本（十卷本與二十卷本），是不是後期傳抄時代的原始底本呢？

似乎不是。推想二十卷本在付梓之前，曾參酌十卷本的刻本，又加過一番工夫。也許，二十卷的底本在付刻時，仍有欠缺，不得不以十卷本予以抵補。

第三十九回的「鈞語」誤刻為「鈞語」，就是證據。

十卷本第三十四回，寫韓道國的老婆王六兒與小叔通奸，被好事的年輕人赤裸裸的提到，打算送到縣府究辦。韓道國知道了，跑到東家主西門慶前面，跪求幫忙，要求送個帖兒關說了他們。於是小說上這樣寫道：

> 西門慶教玳安：「你外邊快叫個答應的班頭來。」不一時叫了個穿青衣的節級來，在旁邊伺候。西門慶叫進前吩咐：「你去牛皮街韓夥計處，問是那牌那鋪地方？對那保甲說：『就稱是我的鈞語，吩咐把王氏即刻放了。查出那幾個光棍名字來，改了報帖，明日早，解提刑院我衙門裡聽審。』」那節級應諾，領了言語出門。

到了第三十九回，又有了「鈞語」二字。可是這一回寫西門慶玉皇廟打醮，官哥寄名在吳道官那裡。

在施行打醮之前，吳道官著他第二個徒弟應春。送了一份〈天地疏〉到西門家。西門慶便接待這位吳道官的徒弟應春進來，書上這樣寫著：

> 那道士頭戴小帽，身穿青衿直掇，下邊履鞋淨襪。謙遜數次，方纔把椅兒挪到旁，另坐下。西門慶喚茶來吃了，（道士）說道：
> 「老爺有甚鈞語吩咐？」……

可是手民卻把「鈞」字刻成了「釣」字。這情形，顯然是手民之誤。但在「崇禎本」的《金瓶梅》，如日本內閣藏本，天理圖書館藏本，全誤刻為「釣」字。

這一點，卻足以證明「崇禎本」（二十卷本《新刻繡像批評金瓶梅》）的底本，是從《金瓶梅詞話》而來。

（不知北平的兩部藏本，是否如此？）

謝肇淛的〈金瓶梅跋〉中有：「於袁中郎得其十三，於丘都城得其十五，稍為釐正，而闕所未備，以俟他日。」可見他們手上的二十卷本，只有十之八。他們的十之八，決非一至八十回，可能是斷續缺少。也許這第三十九回，正是缺少的「十二」之一。付梓時以十卷本的刻本照補入進去的。這樣推想，應是事理的情實。

另外，還有沈德符（《萬曆野獲編》）說的那五回：

> 原本實少五十三回至五十七回，遍覓不得，有陋儒補以入刻。無論膚淺鄙俚，時作吳語，即前後血脈，亦絕不貫串，一見知其贗作矣！

那麼，今見之刻本「十卷本」（《新刻金瓶梅詞話》）及「二十卷本」（《新刻繡像批評金瓶梅》），其中的這五回，有無沈氏說的這種情形呢？

（此一問題，有不少人耗費了精力研究，已寫出不少論文了。惜乎全為沈氏（《野獲編》）的話作注腳，強作詮釋，是以迄今未有明確的結論。）

下面，我們來看這五回。

五十三回

(1)回目

十卷本：吳月娘承歡求子息　李瓶兒酬願保兒童

二十卷本：潘金蓮驚散幽歡　吳月娘拜求子息

(2)證詩

十卷本：人生有子萬事足　身後無兒總是空
　　　　產下龍媒須保護　欲求麟種貴陰功
　　　　禱神且急酬心愿　服藥還教暖子宮
　　　　父母好將人事盡　其間造化聽蒼穹

二十卷本：小院閒階玉砌，墻隈半簇蘭芽。一庭萱草石榴花，多子宜男愛插。休使

風吹雨打，老天好為藏遮。莫教變作杜鵑花，粉褪紅消香罷。（應天長）

(3)篇幅

十卷本：全文計十八頁缺八行，（每頁五百二十八字，半頁十一行，行二十四字，全頁合計如此數。）本回合計字數約占篇幅九千四百字光景。

二十卷本：全文計六頁少六行。每頁六百一六字，（半頁十一行，行二十八，全頁合計如此數。）本回合計字數約占篇幅三千五百餘字。

（較十卷本少四千餘字。）

(4)內容

十卷本：一下筆從吳月娘寫起。寫吳月娘與李嬌兒等一般人混了一場，不耐煩了，便回房去睡。醒時約有更次，又差小玉去問官哥兒還哭不哭？寫月娘關心官哥。過了一夜，又差小玉去問官哥睡眠如何？又親自跑了去看。回房的時候，在路上偷聽到照壁後潘金蓮與孟玉樓說她的閒話，說她自己沒的生養，去巴結有兒子的李瓶兒為「呵卵脬」。因而氣得發昏，又不便發作，遂回去悶坐在房內，掩上房門連午飯也不吃了。因而取出姑子給她配製的孕子藥物，打開封袋，看了又看，想了又想，只盼皇天給造成丈夫明天壬子日進房的機會。下面，方始寫到西門慶到劉太監莊上去赴宴的事。共三頁半的篇幅，約一千六百字。

二十卷本：則一開始就寫西門慶到劉太監莊上赴黃、安二主事之席。上述十卷本中的有關吳月娘的描寫，全沒有。

十卷本：四月二十三日（壬子日）這天，西門慶起身，叫書童來寫了謝帖，應伯爵便來了，來向西門慶提李三黃四的借銀事，有一頁半的篇幅（約八百字）然後纔是西門慶進吳月娘房來，完成壬子日的孕子大事。

二十卷本：缺少應伯爵為李三、黃四借銀事。

十卷本：西門慶在吳月娘房中宿了一夜之後，又到潘金蓮房裡打情了一番，再去李瓶兒房裡去看官哥，官哥又在發燒，正商量要找劉婆來，官哥卻又抽起筋來。連忙去請施灼龜來，折騰了一陣，又請劉婆子來，再折騰了一陣。再找錢痰火來，又折騰了一陣陣。後面又寫陳經濟趁機跑到後邊與潘金蓮胡纏，又寫各位婦女在各處的玩笑，寫陳經濟看著錢痰火收拾工具法器，以及其他家庭間的生活瑣碎。再就是西門慶送禮物到廟裡謝道士，應伯爵賺了中錢，要請西門慶吃飯。舖張了約有六頁篇幅，計三千餘字。

二十卷本：寫西門慶在吳月娘房中宿了一夜（壬子日）之後，再提及李三、黃四借銀事，但祇幾句就帶過了。（西門慶未答應。）下寫應伯爵建議西門慶應為了官哥的病，多做些善事。要請西門慶與常時節去頑耍一日。下面便寫請來的王姑子作佛事。疏略多了。

在十卷本中，還寫有西門慶腰痛的事。這是頗為重要的一筆，二十卷本都沒有。

五十四回

(1)回目

十卷本：應伯爵郊遊會諸友　任醫官豪家看病症

二十卷本：應伯爵隔花戲金釧　任醫官垂帳診瓶兒

(2)證詩

十卷本：來日陰晴未可商　常言極樂起憂惶
浪遊年少耽紅陌　薄命嬌娥怨綠窗
乍入杏村沽美酒　還泛橘井問奇方
人生多少悲歡事　幾度春風幾度霜

二十卷本：美酒斗十千，更對花前。芳樽肯放手中間。起舞酧花花不語，似解人憐。不醉莫言還，請看指間已飄零，一片嬋娟，花落明年猶自好，可惜朱顏。（浪淘沙）

(3)篇幅

十卷本：全文計十四頁又五行，每頁五百二十八字，（半頁十一行，行二十四字，全頁合計如此數。）本回占篇幅約計字數七千四百餘字。

二十卷本：全文計八頁，每頁六百一六存，（半頁十一行，行二十八字，全頁合計如此數。）本回占篇幅約合字數四千九百二十八字。

（比十卷本竟少二千餘字。）

(4)內容

十卷本：一開始寫西門慶等人到應伯爵家付宴，許多食用，全由西門家搬送過去。拜兄弟們先在應家，然後再到劉太監莊上，這幾位拜兄弟們吃酒猜枚，還有小唱與粉頭們，在一起嘲笑玩樂。大家散後，西門慶回家，知李瓶兒身子不適，遂請來任太醫為李瓶兒診病。

二十卷本：在情節上，寫的雖也是西門慶應應伯爵的邀請，到城外二十里的內相花園遊玩，但所寫內容，則與十卷本大不相同，尤其是這幾位拜兄弟的玩樂情形，諸如吃酒行令，講故事，全不一樣。衹有應伯爵隔花戲金釧的這一情節類同，以及後來的請任太醫為李瓶兒看病，情節類似。仔細對照起來，二十卷本的這一回是重新寫過了的。可能是只憑舊本讀後的記憶補寫上去的。

以情理推繹，十卷本的拜兄弟玩樂，寫得較比情實生動，且如論人物刻畫的筆墨，也高過二十卷本甚多。二十卷本的這一第五十四回，可能是補以入刻的呢！

從頭到尾，故事雖一，情節的賦敘與進行過程，卻大不相同了。尤其筆墨之技，遜於十卷本甚多。

五十五回

(1)回目

十卷本：西門慶東京慶壽旦　苗員外揚州送歌童

二十卷本：西門慶兩番慶壽旦　苗員外一諾送歌童

(2)證詩

十卷本：千歲蟠桃帶露擕　擕來黃閣祝期頤
八仙下降稱觴日　七鳳團花織錦時
六合五溪輪賀軸　四夷三島獻珍奇
羲和莫遣兩丸速　願壽中朝帝者詩

二十卷本：師表方眷遇，魚水君臣。須信從來少，寶運當千住辰餘，五嵩嶽誕生元老，帝遣阜安宗社，人仰雍容廊廟。願歲歲共祝眉壽，壽比北高。（喜遷鶯後）

(3)篇幅

十卷本：全文共十五頁，（缺五行）每頁五百二十八字，（半頁十一行，行二十四字，全頁合計如此數。）本回占篇幅合計字數約七千八百餘字。

二十卷本：全文共十頁有十行，每頁六百一十六字，（半頁十一行，行二十八字，全頁合計如此數。）本回占篇幅約合字數六千四百字。

（較之十卷本，約少一千四百字。）

(4)內容

開頭與結尾，十卷本與二十卷本同。所不同的是二十卷本刪去了潘金蓮贊賞歌童的話。

其他，二十卷本則刪去(一)十卷本十頁反面第九行、第十行起（卻為何今日閃的小的們……）到第十一頁第一行到第八行的前三字，合共二百一十八字，全刪了。(二)第十一頁反面第三行到第八行，也刪改了。(三)第十三頁反面第五行末字起到最後，不但兩個歌童的唱詞全刪了，結尾也改了。

顯然是改正了十卷本的情節不相接，以及累贅之處。

五十六回

(1)回目

十卷本：西門慶周濟常時節　應伯爵舉薦水秀才

二十卷本：西門慶捐金助朋友　常時節得鈔傲妻兒

(2)證詩

十卷本：斗積黃金侈素封　蘧蘧莊蝶夢魂中

曾聞郿塢光難駐　不道銅山運可窮
此日分嬴推鮑子　當年沈水笑龐公
悠悠末路誰知己　惟有夫君尚古風

二十卷本：清河豪士天下奇　意氣相投山河移
齊人不惜千金諾　狂飲寧辭百夜期
雕盤綺食會眾客　吳歌趙舞香風吹
堂中亦有三千士　他日酬恩知是誰

(3)篇幅

十卷本：全文十一頁（缺四行），每頁五百二十八字，（半頁十一行，行二十四字，全頁合計如此數。）本回占篇幅十一頁，合計約為五千七百餘字。

二十卷本：全文七頁（缺二行），每頁六百一六字，（半頁十一行，行二十八字，全頁合計如此數。）本回占篇幅七頁（缺二行），合計約為四千二百餘字。

（比十卷本少約一千三百字。）

(4)內容

十卷本：有一篇〈祭頭巾文〉及七言詩十句。

二十卷本：則刪去了這一部分。同時，還刪去了十卷本第五頁正面的七言證詩八句（第二行至第五行）。又刪去了第一頁正面第七行（正文開始）至第十一行及反面第一行至第三行。（該二十卷本第五十六回的正文開始，乃從十卷本第一頁反面第四行起。）此後又刪了(一)第一頁反面第十行第十五字起到第二頁第二行第一、二字止。(二)第二頁反面第一行第六字起到第十行第二十三字，也刪了。(三)第三頁第四行第五字到第五行第八字，也刪了。(四)同頁第六行第十一字到第二十二字，也刪了。(五)第九頁正面第六行第七字起，一直到最後，也刪的刪，改的改了。如刪去的第九版反面第二行第十七字起到第六行第五字，還有同頁第八行第十一字到第十行第八字，卻刪得前言不搭後語了。

（這些問題，當以專題校勘論之。此處不多費辭。）

五十七回

(1)回目

十卷本：道長老募修永福寺　薛姑子勸捨陀羅經

二十卷本：開緣簿千金喜捨　戲雕欄一笑回嗔

(2)證詩

十卷本：本性員明道自通　翻身跳出網羅中
修成禪那非容易　煉就無生豈俗同
清濁幾番隨運轉　闢門數仞任西東

逍遙萬億年無計　一點神光永注空

二十卷本：野寺根石壁　諸龕遍崔巍　前佛不復辨

石身一莓苔　惟有古殿存　世尊亦塵埃

如聞龍象泣　足令信者哀　公為領兵徒

咄嗟檀施開　吾知多羅樹　卻倚蓮花臺

諸天必歡喜　鬼物無嫌猜

(3)篇幅

十卷本：全文十三頁（缺二行），（每頁五百二十八字。每半頁十一行，行二十四字，全頁合計如上數。）本回合計字數約六千八百餘字。

二十卷本：全文九頁（缺七行），（每頁只有一六字，每半頁十一行，行二十八字，全頁合計如上數。）本回合計字數約占篇幅五千四百餘字。

（少於十卷本一千四百字。）

(4)內容

十卷本：所寫與回目所書的內容相同。

二十卷本：頭尾悉同十卷本。結尾約略把十卷本上的吃酒等描寫文辭刪去（約五行），連證詩也採用了第一、二兩句：「秋月春花隨處有，賞心樂事此時同。」未錄入的最後兩句是：「百年若不千場醉，碌碌營營總是空。」其他，還把第十頁反面的兩首嘲諷尼姑的歌詞，刪去了第一首，僅錄第二首。又第十一頁反面第六行第七字起至第十二頁正面第五行第二十一字，全部刪了。

那麼，從上列的五十三回至五十七回的大略比勘，我們可以從之獲得以下幾點結論：

第一，無論十卷本或二十卷本，都有改寫的痕迹。這種改寫的痕迹，卻又不衹這五回如此，其他九十五回，十卷本與二十卷本，全有這種情形。如從二十卷本第一、二回的改寫情形，以及全書各回的小唱與戲曲的刪去。再從回目與證詩（詞）的更換或改寫等情觀之。足以證明二十卷本之梓行，在十卷本之後，應是事實。

第二，至於沈說「有陋儒補以入刻」的這句話，更是無法來印證這五回。無論十卷本或二十卷本，都印證不止。因為今之《金瓶梅》十卷本與二十卷本，都有「前後血脈絕不貫串」的痕迹，（十卷本更有甚焉）至於這五回，更是看不出十卷本有補寫的情形，倒是二十卷本的五十四回，看去則是全部與十卷本不同，恰像是補寫過的。可以說這一回的從頭到尾，衹有大體上的情節與十卷本同。雖然故事也是回目上指示的那些事，西門慶拜兄弟幾人到郊外劉太監莊上去宴樂，帶著小廝，備了酒筵，還有唱的妓家人等。玩樂的情形，雖也大致與十卷本類同，但玩樂的細節，則全不一樣。僅有一點兩點是相同的。如應伯爵用扇把打金釧兒的頭及用樹枝打攪金釧小便等，看得出是依據讀後的印象來補寫的。似非錄自十卷本。

（此一問題，我們不禁要問：二十卷本既梓行在十卷本之後，何以不依據十卷本？答案應是二十卷本付梓時，這一回（五十四回）業已補寫好了。想必這第五十四回，也是謝肇淛說的「缺所未備」的十分之二的一部分。卻也默默補寫成了。這麼看來，沈德符（《萬曆野獲編》）的那句：「原書實缺五十三至五十七回，遍覓不得，有陋儒補以入刻」的話，雖不能全部印證，卻也符合了這番話的暗示。）

第三，最值得注意的是十卷本第五十六回的〈別頭巾〉詩文，到了二十卷本便刪去了。此一〈別頭巾文〉，幾是決定《金瓶梅》（詞話）一書的成書關鍵。二十卷本居然刪去了它，大有文章也。此一問題，後文還要一再討論到呢！

總之，從這五回來看，顯然的，二十卷本梓行在後，它是與十卷本略有不同的一個底本。在付梓時，曾經參閱過十卷本的刻本，欠缺的以十卷本之有，予以補入付梓。情形大概如此。

二、二十卷本何以無欣欣子敘文

傳今之兩種《金瓶梅》刻本（十卷本與二十卷本），所說故事雖一——同是西門慶身家興衰的故事，但內容賦敘的情節，卻有頗多差異。認真說起來，應以專題專書論之，非本文論述主旨。若以涉及這兩種刻本的許多爭論問題來說，應以二十卷本之無有欣欣子敘文一事，最為重要。

欣欣子的敘文，刻在十卷本，且幀之簡端。二十卷本則獨缺此一敘文。

（正因為二十卷本（《新刻繡像批評金瓶梅》）沒有刻入欣欣子敘文，因而引發《金瓶梅》的研究者，產生了兩種推論：一是大陸方面劉輝先生的《金瓶梅詞話》有兩次刻本，(1)沈德符與薛岡二人文中說到的那一部，刻於萬曆四十五年（1617），(2)今見之《新刻金瓶梅詞話》。（他先說還有第三次刻本——日本德山毛利家的那一本，該文見〈金瓶梅版本考〉，但印在《金瓶梅成書與版本研究》一書中，卻又改了。改為此本與他說的「第二次刻本」，誰分先後。未再明說是第三次刻本。）二是香港友人梅節先生，推論今見之《金瓶梅詞話》是二十卷本（《新刻繡像批評金瓶梅》）之後的刻本。）

這些推論的立說根據，都是由於二十卷本（《新刻繡像批評金瓶梅》）沒有刻入欣欣子敘文。

二十卷本之何以無欣欣子敘文？

所有明代人論及《金瓶梅》的人士，又何以無任何人提到「欣欣子」或「蘭陵笑笑生」？甚而是欣欣子敘中的一言片語，也無人說及？

此一情實，想來委實令人難解。

關於此一問題，我們應先探尋明代人論及《金瓶梅》的時間——論《金瓶梅》等文字的寫作時間。

(一)袁宏道（中郎）**語**

袁宏道寫給董其昌的那封信，時間是萬曆二十四年（1596）十月間，不必論矣！《觴政》作於萬曆三十四年秋至三十五年夏，最早也不會踰萬曆三十二年。均有實證，也不必論矣！

至於袁宏道寫給謝肇淛（在杭）的那封追索《金瓶梅》的信，我已考證它是一篇偽託的贋作。（文在拙作《金瓶梅審探》臺北商務印書館民國 71 年 6 月版）且未關繫本文推論，似亦不必論矣！

今者，不得不在此略提一筆。

(二)屠本畯（田叔）**語**

屠本畯的《觴政》跋文，寫於何時呢？

此一問題，大陸劉輝先生考證最為清楚。他見到了刻有《觴政》跋文的屠編《山林經濟籍》，有證可以確定該書編成於萬曆三十六年（1608）。所以劉輝先生推論屠本畯的《觴政》跋文，最遲不會遲於萬曆三十六年。

此說應是正確的。《觴政》跋文，自不應說到欣欣子敘文。

(三)袁中道（小脩）**語**

袁中道論《金瓶梅》的文字，寫在萬曆四十二年（1614）八月，（日記《遊居杮錄》）。這時，小脩尚未見到全部抄本，休說是刻本了。

（但小脩卻在透露了他最早聞知有《金瓶梅》這部小說的消息。據大陸陳毓羆考證，此時當在萬曆二十三（1595）前後。——〈金瓶梅的傳抄付刻及作者問題新探〉（1986 年 9 月《臺北師範學院學報》3 期）。）

(四)謝肇淛（在杭）**語**

謝肇淛的《金瓶梅》跋文，寫於何時呢？

大陸劉輝先生訂為「萬曆四十四年（1616）說」。（見〈屠本畯的《山林經濟籍》與《金瓶梅》〉一文，編入《金瓶梅成書與版本研究》書中，上文已引述。）

另一在美學人馬泰來先生，推想謝氏的〈金瓶梅跋〉文（《小草齊文集》），作於萬曆四十四年至四十六年之間。蓋丘志充（諸城人）是萬曆四十一年進士，任工部主事，與謝同事。謝於萬曆四十一年七月中至四十四年初，治河張秋，約在該四十四年（1616）返京，任工部屯田郎中，四十六年（1618）七月又奉調雲南。推想謝肇淛向丘諸城志充取得《金瓶梅》抄本的時間，約在萬曆四十四年至四十六年之間。但此問題，大陸學人顧國熙則另有異議。

近讀顧國熙先生大作〈丘諸城是誰？〉一文（《徐州師範學院學報》1987 年 3 期），卻說這位「丘諸城」不是丘志充，應是丘雲慷。謝獲得《金瓶梅》抄本，應在萬曆三十三年（1605）前後。

此兩說法，都說明了謝肇淛手中無《金瓶梅》全稿紀錄，且寫作〈金瓶梅跋〉文的時間下限，不會下越於萬曆四十六年（1618）。可以說，在謝肇淛的文獻上，尚無見到《金瓶梅》的紀錄。

(五)李日華（君實）語

李日華在萬曆四十三年（1615）十一月初五日的日記（《味水軒日記》卷 7）上，記有他讀到沈德符藏《金瓶梅》稿本的事。未說是殘卷，亦未說是刻本。

可以說，這時的李日華尚未見到刻本。

(六)沈德符（景倩）語

《萬曆野獲編》論《金瓶梅》的話，嚮者多認為寫於萬曆三十七年（1609）或四十七年（1619）年間。最早說《金瓶梅》初版於萬曆三十八年（1610）者，如魯迅、吳晗、鄭振鐸等人，即持此說。當大家獲知馬仲良（之駿）「司榷吳關」之「時」，乃萬曆四十一年至四十二年，又改為作於萬曆四十七年（1619）說。劉輝先生又下推一年，到萬曆四十八年（1620）。

而我卻認為沈德符（《萬曆野獲編》）這番話，可能寫在崇禎初年。

按該文末句云：「丘旋出守去，此書（《玉嬌李》）不知落何所？」按丘志充調河南汝寧知府，時在萬曆四十七年三月，抵任則在翌年（1620）間。後來，丘升任到山西右布政，因賄案被逮下獄，時為天啟七年（1627）。以刑論死，崇禎五年（1632）棄市。

那麼，如據此史實論之，則沈氏的這句「丘旋出守去，此書不知落何所？」顯然指的是丘已刑戮，此一藏書，落到誰家？無從蠡知了。

試想，若不是知道了丘志充已判死刑或已棄市，怎會說出：「丘旋出守去，此書不知落何所」的決定語氣。丘出守河南，乃升任知府。此書（《玉嬌李》）縱未隨身帶去，也會留在家中或京中寓所。怎會說「此書不知落何所」？衹有知道丘已因案被判死刑，或已棄市，始會說出這樣的話來。所以我認為沈德符（《萬曆野獲編》）的這番話，寫作的時間，上限是天啟七年（1627），下限則是崇禎五年（1632）。

我推想，要說沈德符在寫此文時，尚未見到「欣欣子」的敘文，是不可能的事。

(七)薛岡（千仞）語

薛岡的《天爵堂筆餘》，論及《金瓶梅》一書時，說他曾在京城文吉士處見到不全抄本，迨二十年後，方始讀到刻本。

如果薛岡筆下的「文吉士」，確為陝西三水的文在茲，則可確定他在萬曆二十九年

（1601）見到抄本。二十年後見到刻本，則為萬曆四十八年（1620），正好是《金瓶梅詞話》梓出的時期（萬曆丁巳（四十五）季冬）。但薛岡看到的刻本，竟無欣欣子敘文。遂因而有劉輝與梅節兩位先生的推說。（一說十卷本是第二次刻本，一說刻於二十卷本後。）

關於此一問題，我推想薛岡筆下的「文吉士」，不是文在茲，應是文翔鳳。

按文翔鳳也是陝西三水人，文在茲之侄，文在中之子。萬曆三十八年進士。雖說文翔鳳並未當選庶吉士，稱之為「文吉士」，或是薛岡的尊稱詞。（在文翔鳳中進士後尚未派職的這段日子。）若是，則薛岡見到的《金瓶梅》刻本，乃崇禎刻本，崇禎本無欣欣子敘文。

再說，在薛岡《天爵堂集》及《筆餘》，有與文翔鳳往還詩文及書牘，且兩相情誼至厚。薛岡曾把習舉子業的兒子，託付給文翔鳳管教，以期下一秋闈之試，有望得中。卻無與文在茲的往還文字。所以，我有此一推論。

若是此一推論為是，則薛岡所見之《金瓶梅》刻本，乃崇禎本（《新刻繡像批評金瓶梅》）也。

(八)張岱（宗子）**語**

張岱的《陶庵夢憶》，寫有論及《金瓶梅》一文（〈不繫園〉），時間是崇禎七年，也未提到版本什麼，只說座中友人楊與民以北調說金瓶梅令人絕倒已耳。

無可作為本文立說之語。不必論矣！

他如《三遂平妖傳》敘文、《魏忠賢小說斥奸書》凡例，雖也提到《金瓶梅》，亦無助於本文立論。在此悉不費辭。

根據以上所錄，祗有沈德符與薛岡二人，明說他們看到刻本，（張岱、張譽、崢霄主人均未談到《金瓶梅》內容，無從據以立說，此處不列入討論。）卻不能肯定他們看到的刻本，是今見之《新刻金瓶梅詞話》？還是魯迅、吳晗、鄭振鐸文中的「吳中刻本」？還是劉輝文中的「第一次刻本」？

像薛岡，我則推想他看到的刻本，是崇禎本。

諸如這些問題，今尚未有確證來肯定諸說之是否？但有一點，是大家不曾推想到的，那就是這些位論及《金瓶梅》的人士，究竟有幾位，是應該看到《金瓶梅》刻本的？而且，連崇禎間刻本，都應看到的人士，也大有人在。何以竟無人再提起呢？

袁宏道死得早（卒於萬曆三十八年九月），不用說了。他弟弟小脩（中道）則卒於天啟三年（1623）。不可能沒有見到《金瓶梅》刻本。謝肇淛卒於天啟四年（1624）歲杪。他在天啟元年調往雲南，邊關道阻，或未見到刻本。但屠本畯卒於崇禎間，李日華卒於崇禎八年（1635），沈德符卒於崇禎十五年（1642），薛岡也卒於崇禎末。

如從他們的卒年來說，刻有「欣欣子」敘文的十卷本《金瓶梅詞話》，袁中道（小脩）、屠本畯（田叔），不可能沒有見到。謝肇淛雖遠在雲南、廣西，他那「闕所未備以俟他日」的期待之情，也不可能不知《金瓶梅》已有刻本梓行。若依據劉輝先生的說法，《金瓶梅》的第一次刻本，在萬曆四十五年（1617）就發行了。這時的謝肇淛正在工部任職，焉能不知。何以他的《小草齋文集》編成於天啟，卻也未加附言，仍舊是「闕所未備以俟他日」？從情理上看，是說不過去的。

屠本畯更應該看到刻有「欣欣子」敘文的刻本，他生活到崇禎年間。何以他沒有再提《金瓶梅》的事？

無論如何說，沈德符沒有提到「欣欣子」？沒有提到「蘭陵笑笑生」？似乎不是沒有見到刻有「欣欣子」敘文的《金瓶梅詞話》。從他那段話給後人造成「誤解」之一次又一次——如魯迅、吳晗、鄭振鐸等大家，誤斷《金瓶梅》初版於萬曆三十八年（1610），即由沈氏這段話造成；再如今之劉輝，再斷《金瓶梅詞話》有兩次刻本（先說三次），也是由沈氏這段話起因的。他如吾友梅節先生，判斷有欣欣子敘文的《金瓶梅詞話》後刻於《新刻繡像批評金瓶梅》（崇禎本），也是由於沈德符不曾說到欣欣子而產生的。足可證明沈氏（《萬曆野獲編》）的這段話，隱藏了不少問題。無論是抄本或刻本，他的話都暗示了不少值得我們探究的線索。所以我把它當作「艷段」來看。

譬如「五十三回至五十七回」的「陋儒補以入刻」的問題，近數年來，已誤導了不少人被帶上眼罩，捽去上套步入磨道，轉遊了不少不少冤枉圈子，白白浪費了不少不少時間了。還有這句「丘旋出守去，此書不知落何所」的話，也隱藏了許多暗示。前面，我已說到了。

從情理來看，明代論及《金瓶梅》的人士，不可能沒有人看到欣欣子的敘文，只是隱而不言而已。

為什麼他們知而不言？

我的推論已寫在《金瓶梅的問世與演變》中了。

《金瓶梅》原是一部政治諷諭的小說，關乎萬曆當朝的宮闈事件。故從萬曆二十三、四年間問世部分稿本之後，竟遲遲十年再有傳抄的消息。

（所以我把《金瓶梅》的抄本，分成初期與後期。）

我推想萬曆三十四年（1610）再傳抄時，《金瓶梅》的內容，已是改寫本了。要不然，怎會有兩種不同的底本？

十卷本是最早梓行的刻本，應無問題。

沈德符（《萬曆野獲編》）的那句「未幾時而吳中懸之國門矣」的話，就是證據。因為他手上的稿本是二十卷本。從今之十卷本《新刻金瓶梅詞話》來看，仍殘存著政治諷諭的餘韻。（如第一回）

以時間推演，這部刻有欣欣子敘的十卷本，出版的時間當在天啟初年。湊巧遇上了天啟詔修《三朝要典》（梃擊、紅丸、移宮等三案），懼怕惹上政治的麻煩，會導致滅族之禍。因而這個刻本便隱藏起了了。待天啟瞬焉而逝（不過七年），於是二十卷本繼而續刻。凡十卷本之有所涉乎政治諷諭嫌疑者，全刪除了。「闕所未備」的「十二」，也據十卷本補上了。

想來，十卷本與二十卷本，就是這麼形成的。

當然，二十卷本不必刻入欣欣子敘文。

萬　《金瓶梅》的成書年代

如從歷史的因素來說，《金瓶梅》乃萬曆二十年以後的作品，應是不爭之論。吳晗的〈金瓶梅的著作時代及其社會背景〉（民國 23 年 1 月 1 日《文學季刊》創刊號）、鄭振鐸的〈談金瓶梅詞話〉（民國 22 年 7 月《文學》1 卷 1 期）兩文，判斷《金瓶梅》應是萬曆中期的作品，雖所提證據，尚不夠充實，然所指路向，則是正確的。

今天，我們獲得的研究史料，可以說是更多了。足以肯定《金瓶梅》一書，無論初期抄本，或晚期刻本，它們的底本，委實沒有確切的證據或充分的理由，把《金瓶梅》的作者，推論到嘉靖間去。我們人人知道《金瓶梅》最早問世的年月，是萬曆二十三、四年（1595、6）間，最早的刻本不能上越於萬曆四十五年（1617）。這些史實，乃「徵於色、發於聲」的昭然。在沒有獲得新史料，可以否定這些史實的今天，若說此書是嘉靖年間的作品，則不易徵信也。

凡是從事《金瓶梅》一書的研究者，無不嫻熟於《萬曆野獲編》的那段話，其中的這句「此等書必遂有人版行，一刻則家傳戶到。」沈德符的這句話，正是嘉、隆、萬這一時代的社會史實；換言之，這三朝正是小說盛行的時代。試想，像《金瓶梅》這樣的書，正是那個淫縱的時代所需要的書。鄭振鐸在距今五十年前就說過了。他說：「此書如果作於嘉靖間，則當早已『懸之國門』；不待萬曆之末。此等書非可終秘者。」（〈談金瓶梅詞話〉）可見鄭振鐸先生的立論，也是以歷史因素為基點的。

所以我要說：「如從歷史的因素來說，《金瓶梅》乃萬曆二十年以後的作品，應是不爭之論。」

雖說，此一成書年代的論說，筆者已耗去筆墨百萬言以上。且率多從今見之最早刻本《金瓶梅詞話》的情節上，去縷出證據立論的。首先證出了十卷本《金瓶梅詞話》是改寫本。這一點，應是不能否定的事實。所以，我們論斷《金瓶梅》的成書年代，事實上應分作兩個階段去探索立說，按即《新刻金瓶梅詞話》（十卷本）與《新刻繡像批評金瓶梅》（二十卷本）之成書，為後一階段，其以前傳抄本之成書，則是前一階段。這一點，也是不能否定的事實。

那麼，我們論斷《金瓶梅》的成書年代，勢須打從抄本與刻本兩個階段，來進行演繹與推論。

一、抄本的成書年代

《金瓶梅》一書的抄本，在傳抄過程中，也有初期與後期之別，前已論及矣！

斯一初期、後期之別，應以萬曆丙午（三十四年）之《觴政》為分界線。換言之，袁宏道未作《觴政》以前之《金瓶梅》，乃初期抄本，寫成《觴政》以後之《金瓶梅》，乃後期抄本。

茲分別論之。

(一)初期抄本

我們知道《金瓶梅》最早出現於萬曆二十四年（1596）冬，首由吳縣令袁宏道傳播出來。如從史料看，至今尚未發現比袁宏道更早的文字紀錄提到《金瓶梅》。

袁宏道見到的《金瓶梅》稿本，從董其昌得來。那麼，董其昌從何處得來？迄今尚無實據可以獲知。不過，根據袁中道的日記《遊居柿錄》所記，他早在其兄宏道未讀到《金瓶梅》之前，即在董其昌處聽到了這部小說的嘉譽了。他說：「往晤董太史思白，共話小說之佳者。思白曰：『近有一小說名《金瓶梅》，極佳。』余私識之。後從中郎真州，見此書之半。」

關於此一問題，大陸學人陳毓羆先生作〈金瓶梅抄本的流傳付刻與作者問題新探〉一文（1986 年 9 月《河北師範學院學報》3 期），考證袁中道「往晤董太史思白共話小說之佳者」的時間，當在萬曆二十二年秋至二十三年四月底。

（按董其昌是萬曆十七年（1589）進士，選庶吉士，散館任編修，擔任皇長子常洛的講官。袁宏道是萬曆二十年（1584）進士。其兄宗道亦任東宮講官，與董同事。袁中道首次隨其兄宏道晉京，是萬曆二十二年秋，後袁宏道選任吳縣令，於二十三年二月初六日離京。中道則於該年四月底離京，到大同巡撫梅國楨處作客。以此推想袁中道（小脩）晤及董其昌太史，共話小說之佳者，當在這段時間。）

再從袁宏道（中郎）寫給董其昌的信中語言，有「《金瓶梅》從何處得來」語，足徵以前不曾聽到董說到《金瓶梅》一書。或可據此推想袁中道見到董太史談到《金瓶梅》，當在萬曆二十三年二月至四月這段時間。

據乎此，縱以此一時間論，則《金瓶梅》之被人傳說，已早於袁宏道得到抄本一年有餘矣！

再說，董其昌既然早袁宏道一年前，即已讀到了《金瓶梅》抄本，且說：「決當焚之」。可徵此一小說之問世時間，最遲亦在萬曆二十三年歲初。

（可是，在袁宏道寫於萬曆二十四年冬的寄董思白函之前，何以竟無人論及呢？尤其是董其昌，窮其所有作品居然無一字說及。）

說來，《金瓶梅》的初期抄本，成書的時間，應在萬曆二十二、三年間。

（根據謝肇淛的〈金瓶梅跋〉（《小草齋文集》卷 24），袁氏兄弟手頭的抄本，只有十之三。）

前章已經說到，《金瓶梅》的初期抄本，自萬曆二十四年，由袁宏道的信函傳出之後，綿綿十年，無聲無闃。

（自萬曆二十四年冬到萬曆三十四年秋，整整十年，除了袁宏道寫給董其昌的這一封信，其他尚未見到有任何人說到《金瓶梅》。）

袁氏兄弟說他們只得到抄本一半。謝肇淛說他「於中郎得其十三。」再根據沈德符說，袁宏道在萬曆三十四年（1606）秋，尚未見到全本。

那麼，《金瓶梅》的初期抄本，是不是十年之間，衹有袁宏道抄得的那樣多呢？至今，我們尚未見到明確的文獻，來作此一問題的答案。

尤其是，袁宏道信上問董其昌的那句話：「《金瓶梅》從何處得來？」至今，也無人獲得肯定的下文。

從《金瓶梅》之被董其昌說到，再由袁宏道向董其昌抄得其「半」，竟然踰於十年的歲月，失去了《金瓶梅》的踪跡。卻又突然在萬曆三十四年秋，傳出了《金瓶梅》已有「全本」的消息。且被袁宏道把它配《水滸傳》為「逸典」，寫入《觴政》作為酒場甲令。這情事，委實令我感到蹊蹺。因而我想，在我下筆來判定《金瓶梅》的成書年代，又怎敢武斷的說：「《金瓶梅》成書於萬曆三十四年」呢？

依據我們今天所能掌握到的史料來說，我只能說：「《金瓶梅》的初期不全抄本，其成書當在萬曆二十二年前後。」至於作者曾否在這以後的十年歲月裡，完成了《金瓶梅》全書？尚無文獻足以徵之也。

(二)後期抄本

雖說《金瓶梅》一書的抄本，自萬曆二十四年（1596）冬，由董其昌傳抄到袁宏道手中之後，綿綿十年有奇，無有踪跡。然而，我們卻不能說在這十年之間，《金瓶梅》的原作者，沒有再繼續寫下去。但又何以綿綿十年沒有下文？若以明代當時那個社會的歷史因素來推斷，此一問題，必是牽涉了政治因素。像《金瓶梅》（今見之刻本）這類的書，正是明代那個社會所需要的，「此等書必遂有人板行」也。傳抄出來之後，十年之間，除了袁宏道這封信（刻於《錦帆集》卷 4，萬曆三十六年梓行）說到，他則無人提起。到了萬曆三十四年秋，袁宏道竟又把這部小說配《水滸》為「逸典」，寫入了酒場甲令。這情事，豈不是說明了袁宏道已讀到全本了？難怪屠本畯於萬曆三十五年寫《觴政》跋時，要說：「……如石公（袁宏道號）而存是書，不為託之空言也。否則，石公未免保面甕腸。」蓋懷疑袁宏道之未必有《金瓶梅》全書也。

（我推想屠本畯必然知情袁宏道作《觴政》時，《金瓶梅》配《水滸傳》為酒場甲令，「未免」也是「保面甕腸」。非飲徒也。文義似乎知道《金瓶梅》無全書。）

若從此一事實來推想，則《金瓶梅》之後期抄本，其成書非出原作者手。譬如沈德符（《萬曆野獲編》）說的，他在「丙午」遇中郎（袁宏道）京邸，中郎即告訴他誰家有全本？即以現有明代人論及《金瓶梅》的史料來看，亦足以肯定沈德符（《萬曆野獲編》）的這番話，乃「託之空言」，絕非事實。袁中道（小脩）的日記《遊居柿錄》，謝肇淛（在杭）的〈金瓶梅跋〉，已否定之矣！

（縱非託之空言，想必暗示《金瓶梅》已改寫完成。）

在袁宏道寫《觴政》的時候，《金瓶梅》尚未梓行（無刻本公開流行），且無全本在傳抄。袁宏道怎能如此熱衷於此書，要把它寫入酒令？像袁宏道這麼一位在學界、政界，都饒肖名望的人，何以要把一部他還未曾讀過全書的小說，寫入酒令作為典則？想來，斯乃出乎常情的事。它似乎蘊藏著一些問題，有待我們探討。

依據斯一事實推想，我從中析出以下幾個問題。

1.何以初期本問世後十年來無有踪跡？

此一問題，我認為袁宏道寫給董其昌的那封信上的這句話：「伏枕披閱，雲霞滿紙，勝枚生〈七發〉多矣！」就是明確的答案。

（此一答案，十多年來，我已論之又論，說之又說了。）

袁宏道的這句話，業已明白指出，他從董其昌那裡得來的《金瓶梅》抄本，寫的是有關臣僚諷諫君王的政治小說。否則，安能以枚乘的〈七發〉喻之？

枚乘的〈七發〉，見之《昭明文選》。它是一篇以楚王子有心病，而門客舉出七事一一發之。一直說到第五，「將為太子訓騏驥之馬，駕飛舲之輿，乘牧駿之乘；右夏服之勁箭，左烏號之彤弓……洶陽氣，蕩春心，逐狡獸，集輕禽，極犬馬之才，困野獸之足，窮相御之智巧，……」於是見太子方有陽氣現於眉宇之間，再進而說到「兵車雷運，旍旗偃蹇。」以至「白刃磑磑，矛戟交錯，收穫掌功，賞賜金帛。」太子之病，有起色矣！再進而說到「將為太子奏方術之士，使之論天下之釋理，理萬物之是非，孔老觀覽，孟子持籌而算之，萬不失一。」於是太子據几起，曰：「渙乎若一」。涊然汗出，霍然病已。可見袁宏道之以枚叔〈七發〉來比況《金瓶梅》，我們自可據以蠡知初期抄本《金瓶梅》，乃有關政治諷諭的小說。其諷諭的對象，必是當今天子。所謂「雲霞滿紙」，蓋指隱喻也。

這一點，應是無可爭議的事實。

那麼，初期抄本的《金瓶梅》，既是一部涉及當今天子之政治諷諭小說，怎敢明目張膽的傳抄呢？

何況，《金瓶梅》之傳抄，始終都在士大夫手中遞解著。這一點，也足以證明《金瓶梅》問世後，竟然綿綿十年歲月，而了無踪跡的原因，正由於它是一部諷諭當今天子的政治小說，怎敢張揚呢？

當然，袁宏道信上問董其昌的那句話：「《金瓶梅》從何處得來？」也一定有了下文。卻也正由於他們知道了《金瓶梅》的作者是誰？而大家纔共同保密起來。後期抄本的再傳於十年後，自亦基是而生。

這樣推論起來，袁宏道的《觴政》之作，也都有了說詞的理則了。改寫《金瓶梅》也。

2.推論袁宏道的《觴政》之作？

袁宏道之所以把《金瓶梅》配《水滸傳》為「逸典」，寫入《觴政》作為酒場甲令，可以說，即已肯定了他已獲得了《金瓶梅》抄本的全書；要不然，就是袁氏兄弟要使《金瓶梅》成其全書。並且計畫付梓了吧？

此一問題，雖有其弟袁中道（小脩）寫於萬曆四十二年八月的日記，說明了他們弟兄祇有「此書之半」（見《遊居杮錄》第九八九則），更有謝肇淛的後於袁中道寫的〈金瓶梅跋〉（見《小草齋文集》卷24），也證明了袁氏兄弟手中尚無全本，但卻無法遮掩《觴政》之以《金瓶梅》配《水滸傳》為「逸典」的業已有了「全本」的明示。那就是，沒有見到全本，怎可與《水滸傳》相提並論。我們只要根據斯一事理，即可以肯定的說：「袁宏道寫《觴政》時，他們手中應有全本。」改寫的也算。

這一點，沈德符（《萬曆野獲編》）也明言了。

第一，萬曆丙午（二十四年）秋，袁宏道首先透露了《金瓶梅》的全本在麻城劉延禧家；向華亭徐文貞（階）家抄來的。

第二，《金瓶梅》首由袁宏道以文字張揚出來。誰家有全本，也首由袁宏道的口中透露出來。（我們相信沈德符的話，就應如此推論。沈的這番話，悉由《觴政》說起。）基此看來，又怎能不以袁宏道的《觴政》為起點。

事實上，袁宏道的《觴政》，確是探索《金瓶梅》有了全本的起點。沈德符（《萬曆野獲編》）的話，就是以《觴政》為起點的。

根據沈德符（《萬曆野獲編》）的說法，他於萬曆三十四年秋，在京城見到袁宏道，問起他《觴政》中提到的《金瓶梅》，袁宏道就透露了誰家有該書全本的消息。這年秋天，袁宏道方由他家鄉公安抵京接任禮部武選司郎中。麻城劉家，不惟是袁同鄉，劉延禧也是袁時相往還的友人。如果沈德符（《萬曆野獲編》）所記，全係事實，不是偽託，則袁宏道答說他尚未見到全本，當是虛蛇的託詞。可是沈德符（《萬曆野獲編》）又說，他在三年後，便在京城向袁中道抄得了《金瓶梅》全本。亦呼應了袁家之有全本也。

沈德符（《萬曆野獲編》）的這些話，若係事實，則袁宏道兄弟，可能在家鄉隱居柳浪湖的時期（三十二、三年間），即已有了《金瓶梅》全本了。

我們若以沈德符（《萬曆野獲編》）的話作為事實，自可這樣推論，這樣推論若是正確的，那麼，袁中道的日記《遊居柿錄》，謝肇淛的〈金瓶梅跋〉（《小草齋文集》），所言未見《金瓶梅》之全，則是飾辭矣！

（我在論及明代《金瓶梅》史料時，涉及此一問題，即說到這雙方面的說詞，必有一真一偽。到了十年後的今日，我們仍無新證據來解決此一矛盾問題。我在此之所以改以沈說為準，再作另一方向的推論，蓋亦企圖攻之異端，有意雙管齊下，望能兩端而洞穿之也。）

如從萬曆三十四年袁宏道透露出《金瓶梅》全本在麻城劉家這一點來看，自可推想，袁家如有全本，當是從麻城劉家得來的。否則，必是他們改寫的。

可是，這樣推想，尚有另一事實不能符契。那就是十卷本與二十卷本的問題。

我們知道袁氏兄弟與謝肇淛等人手上的《金瓶梅》抄本，是二十卷本。（有謝肇淛《金瓶梅》跋為證。）今見之《金瓶梅》刻本，有十卷本《新刻金瓶梅詞話》及二十卷本《新刻繡像批評金瓶梅》兩種。且十卷本梓行在前，二十卷本梓行在後。再根據沈德符（《萬曆野獲編》）說的，他於萬曆三十七年（1609）在京城向袁中道（小脩）抄來的《金瓶梅》全稿，馮夢龍曾慫恿書坊以重價向他購刻，另一友人也勸他高價賣給書賈。他認為此書誨淫，不宜公之世人，會下地獄的。遂固篋之。他雖未出售此一底本，卻「未幾時而吳中懸之國門矣！」這吳中懸之國門的《金瓶梅》，依據沈德符（《萬曆野獲編》）的話，可以確定是十卷本《新刻金瓶梅詞話》，並非他從袁中道（小脩）抄來的二十卷本。

這樣看來，袁氏兄弟手中的抄本，不應是從麻城劉家得來的了。（如果，我們認為十卷本是來自劉家的話。）此一問題，我們再作另一推論。

3.推論麻城劉家的《金瓶梅》之流程

在上一章，論到後期抄本流程的時候，傳說《金瓶梅》的全本，一在麻城劉家，一在太倉王家。何以有此傳說？自有底因存乎其間。所以我推想這兩家之所以首先掌有《金瓶梅》的全本，正由於這兩家是屠隆的好友，且是屠隆的恩人。《金瓶梅》屠隆作也，遂有此暗示的傳說。

那麼，我們循此線索來推想這兩種《金瓶梅》的成書，就會獲得其合情合理的結論。

按：屠隆卒於萬曆三十三年（1605）八月二十五日，享年六十四歲。

想必這就是袁宏道之把《金瓶梅》寫入《觴政》，且又傳出了麻城劉家有全本的「底因」。斯時，作者屠隆已作古矣！

《金瓶梅》之所以有傳抄本的初期與後期之分，造成的原因，就在這裡；前期與後期之間的十年歲月無踪跡，答案也在這裡；袁宏道問董其昌的「《金瓶梅》從何處得來？」其下文也在這裡。

（最早傳抄出的《金瓶梅》，乃有關政治諷諭的小說，袁宏道已明言之矣！今之十卷本不還殘留著顯著的痕跡嗎？）

正由於《金瓶梅》在開始傳抄到士大夫手上時，其內容的政治諷諭太濃，諷諭的對象又是今上，自無人敢於張揚。當袁宏道函詢董其昌《金瓶梅》從何處得來？在官場上徵逐名利的董玄宰，安敢以書牘行之文字。若以情理推想，董氏必然告知了袁氏兄弟。當袁氏獲知了作者是誰？自也霍然於作者的寫作動機。於是，大家不敢嚷嚷了。

迨屠隆卒後未一年，袁宏道便把《金瓶梅》配《水滸傳》寫入《觴政》。我在前面說了，袁宏道手中如果沒有《金瓶梅》的全本，怎會如此猛浪？

雖說，根據謝肇淛的〈金瓶梅跋〉，袁氏兄弟手中僅有該書抄本「其十三」，若以情理推論，袁宏道的《觴政》委實不應寫入此一「逸典」。所以我們可以懷疑謝肇淛的「於中郎得其十三」的說法，縱非飾詞，必也陳腔。再以事實來說，袁宏道既知麻城劉家有全本，他們兄弟一定會向劉家借抄的。不可能幾二十年（抵謝氏作〈金瓶梅跋〉文）未抄得全書也。

作者既在萬曆二十二、三年間，送出《金瓶梅》前部文稿，縱然受到某些因素的阻礙，也不可能從此停筆不寫，否則，不致在十年後又傳出了有全本的消息；且寫入了酒令。自可據此推想，前期抄本與後期抄本之間的十年歲月裡，作者與他的朋友們，勢必還在暗通消息。

上述推想，應是合乎情理邏輯的。

照此想法，袁宏道的《觴政》，以及後期傳抄本在傳抄流程中的許多相同或相異的說辭，全是交措在兩期不同抄本之間的問題。

極可能，作者屠隆曾經接受了友人如董其昌、湯顯祖、袁宏道以及劉承禧等人的建言，去從事《金瓶梅》的改寫。我們知道，晚年的屠隆，醉心於戲曲，或未能專志於《金瓶梅》的改寫工作。迨其死後，朋友們手中還只是一些斷章零縑。也可能在編纂與補寫時，參予者有十卷與二十卷之不同意見。何況，從萬曆三十四年到萬曆四十五年的這十年歲月裡，不惟福王常洵的之藩（到封地洛陽去），一再藉詞拖延，且之藩的第二年五月，又發生了「梃擊」事件。（福王於萬曆四十二年三月，離京往洛陽封國，翌年五月就有一位名叫張差的男子，手持棗木棍，打入了太子常洛的宮中，又鬧得天下大譁。）這些宮闈間的政治因素，自是影響了《金瓶梅》之有了十卷本與二十卷本的成書關鍵。且也阻礙了它之遲遲未敢梓行。

所以，當萬曆爺朱翊鈞於萬曆四十八年（1620）八月二十二日賓天，十卷本（《金瓶梅詞話》）便搶先付梓，「未幾時而吳中懸之國門矣！」

沈德符（《萬曆野獲編》）談論《金瓶梅》的話，寫於天啟七年或崇禎五年，丘志充遭受刑戮之後。前文業已說明，乃明代論及《金瓶梅》的史料，寫得較後的一篇。可以肯定的說，沈德符寫出這番話的時候，不可能沒有看到十卷本（《金瓶梅詞話》）的刻本。

我們打從此一情事來說，沈德符之所以沒有提到「欣欣子」的敘文等等，顯然的，乃有所規避。

（前文已說到，他如屠本畯、董其昌、李日華卒於崇禎間，謝肇淛、袁中道卒於天啟三年、四年，以去世時間論，都不可能沒有見到十卷本《金瓶梅詞話》的刻本。）

所以我認為明代這幾位公安圈子中的文友，在論到《金瓶梅》時，竟未一及「欣欣子」的敘文，實乃「披辭知其所蔽」，非未見也，避不說也。

（何以避而不說？可能與十卷本之梓而未行（銷）一事有關。此一問題，稍後再論。）

行文至此，我們對於《金瓶梅》之後期傳抄本的成書，可以推繹出這麼一個論斷：

(1)作者於萬曆二十二、三年間，把初期稿本送給文友們閱覽，獲得反應後，曾接納了文友們的建言，進行改寫。

（借用《水滸傳》中西門慶與潘金蓮的故事，可能從改寫時開始的。初期的傳抄本，小說的主人物似是賈廉，不是西門慶。第十七回還殘餘著此一漏洞。尤其欣欣子敘中說到的「如離別之機，將興憔悴之容，必見者所不能免也；折梅逢驛使，尺素寄魚書，所不能無也；患難迫切之中，顛沛流離之頃，所不能脫也。」這些情節，今之刻本《金瓶梅》均無之。）

(2)從萬曆二十四年到三十四年，《金瓶梅》傳抄之十年空白，原因應是文友們的相戒保密，與建言作者的進行改寫。作者於萬曆三十三年過世時，改寫的《金瓶梅》，可能尚未完成。傳遞到文友手中的抄本，衹是一些單篇零帙。或許只有麻城劉家存有的多些。於是，袁宏道這一幫熱愛「新文學」的友朋們，便計畫把它編纂完成而梓行。《觴政》的寫入《金瓶梅》為酒令，可能是這樣誕生的。

(3)後期傳抄本之所以有了「十卷本」與「二十卷本」之別，可能就是由於這班朋友們，在計畫把《金瓶梅》的傳抄散帙，編纂成書時，彼此間有了不同意見所形成的。從沈德符（《萬曆野獲編》）之指摘「吳中懸之國門」的「十卷本」，有「陋儒補以入刻」一語來看，豈不是表明了「十卷本」與「二十卷本」的編纂之意見有異。（此一問題，迨論及刻本成書與付刻時，再詳細分析。）

(4)沈德符手上的《金瓶梅》抄本，曾於萬曆四十三年（1615）十一月初五日，由其侄沈明遠捧給鄉人李日華閱讀（見李著《味水軒日記》卷 7）。想必就是那部「缺五十三至五十七回」五回的那一部。沈說是萬曆三十七年（1609）向袁中道（小脩）抄來的，可是袁中道卻在日記中說他尚未讀到全本（前已道及）。但基此矛盾事態推想，李日華見到的沈德符的這部《金瓶梅》藏本，應當是改寫完成的二十卷本。可以肯定的說，二十卷本的《金瓶梅》，在萬曆四十三年間，業已完成了。

(5)今見之「十卷本」（《新刻金瓶梅詞話》），有東吳弄珠客寫於萬曆四十五年（1617）

的敘文，自可想知其成書，當在萬曆四十五年之前。但如從內容來說，則此一刻本之成書，可能在泰昌間，梓行已在天啟矣！（此一問題，留待下文再論。）

二、刻本成書年代的實證

傳抄時代的《金瓶梅》，前後綿亙二十年，且有杳然十年歲月而無踪無跡的情事。是以我把它區分成前期後期兩個階段來推論。認為後期的抄本，已是改寫本了，遂出現了兩種不同的底本。

今見之兩種《金瓶梅》刻本，也是十卷本與二十卷本。

我們從明代人士談論《金瓶梅》的史料觀之，也沒有任何信息，可以指引出《金瓶梅》一書是萬曆以前的作品。

雖然，傳抄時代的《金瓶梅》，今已無實物可徵。這兩種刻本，亦足以資訊我們去尋求實證，來肯定《金瓶梅》乃萬曆間的作品。

(一)十卷本《新刻金瓶梅詞話》

依據明代人論及《金瓶梅》的史料來說，「十卷本」（《新刻金瓶梅詞話》），乃《金瓶梅》之最早刻本。

且被公認此一刻本的內容，乃最接近原著的本子。那麼，我們探討《金瓶梅》的成書，從此一刻本的內容，去尋求實證，應是最直接的程式吧。

1.殘紅水上飄

在《金瓶梅詞話》第三十五回，書童裝旦，席上唱了四段〈玉芙蓉〉曲牌的曲子：

殘紅水上飄，梅子枝頭小。這些時，淡了眉兒誰描？因春帶得愁來到，春去緣何未消？人別後，山遙水遙。我為你，數盡歸期，畫損了掠兒稍。

新荷池內翻，過雨瓊珠濺，對南薰，燕侶鶯愁心煩。啼痕略破殘妝面，瘦對腰肢憶小蠻。從別後，千難萬難，我為你，盼歸期，靠損了玉闌干。

東籬菊綻開，金井梧桐敗。聽南樓，塞雁聲哀傷懷。春情欲寄梅花信，鴻雁來時人未來。從別後，音乖信乖。我為你，恨歸期，跌綻了鳳頭鞋。

漫空柳絮飛，亂舞蜂蝶翅。嶺頭梅開了南枝。折梅須寄皇華使，幾度停針長嘆時。從別後，朝思暮思。我為你，數歸期，掐破了指尖兒。

這四段曲子，在沈璟編的《南詞韻選》中，選有上錄的三段，如「殘紅水上飄」、「東籬菊（艷）綻開」、「漫空柳絮飛」，文句略有異辭。「東籬菊艷（綻）開」一曲，異辭較多。辭為「東籬菊艷開，隔窗聞，瀟瀟夜雨傷懷。薄情羈絆天涯外，鴻雁來時書未來。人別後，朝猜暮猜。我為他數歸期，跌綻鳳頭鞋。」然雖有異辭，但曲牌同。足徵金瓶所唱，南詞所選，悉為當時萬曆中葉以後，在社會上極為流行的歌曲。

再查萬曆三十三年間，陳所聞編《南宮詞紀》（卷4），也選有「殘紅水上飄」一曲，上署作者為李日華。不過，《南詞韻選》記有「詞人姓字」於扉頁，書「李日華」是「直隸吳縣人」。人每誤之為秀水李君實，非也。

在嘉靖初葉編之《詞林摘艷》乙集，以及嘉靖中葉編之《雍熙樂府》卷十六，均選有「殘紅水上飄」一曲。可是，該兩書所選之「殘紅水上飄」，除首句五字同，二句三字同（青杏枝頭小），餘悉異辭。曲牌各亦異，名之為「南宮金索掛梧桐」（《雍熙樂府》無「南宮」二字）詞為：

> 殘紅水上飄，青杏枝頭小。燕子來時，綠水人家繞。天涯何處無芳草，墻裡秋韆，墻外行人道。墻外行人，聽得墻裡佳人笑，正是多情反被無情惱。

此曲除首句外，餘則是打從蘇東坡之〈蝶戀花〉一詞改纂而來。與《金瓶梅》所唱，《南詞》、《雍熙》所選，非一曲也。

（《南北宮詞紀》亦選此曲。作者注為「無名氏」。）

按吳縣李日華，縣志未傳其人。然有《南調西廂記》一種，在萬曆間刻本上，有梁辰魚（1521-1594）題辭，說是此一本《南調西廂記》，乃「崔割王庾，李奪崔席。」意為此劇是崔時佩為了能使王實甫的北劇《西廂》，利於南曲的笙笛演奏，遂改作南調。改本三十六齣，李氏又據以增之為三十八折。所以梁辰魚說李也插上一腳，居然宜賓奪主了。遠山堂《曲品》亦云：「此實崔時佩筆，李第較增之。人知李之竊王，不知李之竊崔也。」從這些紀錄來看，這位吳縣李日華，本不是什麼大家，是以萬曆間人，誤是秀水李日華（君實）。

莊一拂編《古典戲曲存目彙考》，說這位吳縣李日華是嘉靖初人。但從梁辰魚等人的題辭與著錄，都提到了他，這位李日華應是嘉靖間人，當無問題。但《南詞韻選》與《南宮詞紀》所選的這幾曲〈玉芙蓉〉，是否確為這位吳縣李日華所作？似也不必深究。然此數曲之既未入選於《詞林摘艷》，亦未入選於《雍熙樂府》，卻入選於萬曆間的《南詞韻選》與《南宮詞紀》，足以想知這幾段曲子的流行，當在萬曆，不在嘉靖。

依據情理推想，萬曆年間的作者，把嘉靖年間出版品上的文辭，章章節節引錄到他的作品中來，乃平常事。是以《金瓶梅詞話》中有不少《詞林摘艷》與《雍熙樂府》上的劇曲。像「殘紅水上飄」（曲牌〈玉芙蓉〉），縱然是嘉靖年間的吳縣李日華所作，嘉靖中葉的《雍熙樂府》，既未選錄，而萬曆年間的《南詞韻選》與《南宮詞紀》，卻選錄了。所以我認為《金瓶梅詞話》之錄入了「殘紅水上飄」四段曲子，應是萬曆間人的手筆，乃情理也。

2.苗青謀財害主案

我在《金瓶梅劄記》及《金瓶梅原貌探索》兩書中，對於《金瓶梅詞話》第四十七回之苗青謀財害主案，曾作詳細論述。認為該一情節在《金瓶梅詞話》中的孤起孤落，以及苗青其人之與以後各回——如五十五回的苗員外，第六十七回的苗小湖，第八十一回的苗小湖，還有五十八回及八十一回的苗青，竟然混淆不清，幾至無法確定這三位姓苗的，有無連帶關係？像這些前後情節之不貫，人物關係之混淆，除了認定它是改寫者造成的，委實尋不出其他更允當的解釋。

《金瓶梅詞話》是改寫本，這第四十七回的苗青案，也是一大證據。

關於苗青一案，有其故事的淵源。它的原始底本，來自何處？今尚未能查知。但在梓行於萬曆二十二年（1594）之《百家公案》，其第五十回「琴童代主伸冤」一案，故事則與苗青案雷同。

那麼，苗青案是否淵源於《百家公案》？或《百家公案》淵源於苗青案（《金瓶梅詞話》第四十七回）？需要推究。

茲將兩案全文，錄之於下：

《百家公案》原文

第五十回公案　琴童代主人伸冤（新刊京本《通俗演義百家公案全傳》卷之六）

一念良善說不散　家人能報主人冤
賊徒為惡遭刑戮　包宰志名萬古傳

話說揚州離城五十里，地名魚墟。有一人姓蔣名奇表字天秀，家道富實，平素好善。忽日有老僧人來其家化緣，天秀甚禮待之。僧人齋罷，天秀問云：「動問上人雲遊，從何寶剎至此？」僧人答云：「貧僧山西大（人）氏，削髮於東京報恩寺。因為寺東堂少一尊羅漢寶像。雲遊天下，訪得有董善人則化之。今聞長者，平昔好布施，故貧僧不辭千里而來，敬（逕）到貴府，化此一尊佛，以重後日之緣也。」天秀喜道：「此則小節，豈敢推托？」即令琴童入房中對妻李氏說知，取過白金五十兩出來，付與僧人。僧人見那一錠白銀，笑道：「不消一半，完滿得此一尊佛像，何用許多？」天秀道：「師父休嫌少。若完羅漢寶像，以後剩者，作齋功果，普渡眾生。」僧人見其歡喜布施，遂收了花銀，即此出門。心下忖道：「適是施主相貌，目眶下現一道死光，當有大災。彼如此好心，我今豈得不說他知！」

即回步入見天秀道：「貧僧頗曉麻衣之術，視君之貌，今年當有大危。何妨不出，庶或可免。」天秀唯喏而已。僧人再三叮嚀而別。天秀入後舍見張氏道：「化緣僧人沒話說，得故相我今年有大厄，是可笑矣。」張氏道：「雲遊僧行，多有見識者，彼既言之。正須謹慎。」時值花朝節，怎見的：

園林花卉爭春妍　柳底鶯聲弄曉情

天秀正邀妻子向後花園遊賞，天秀有一家人姓董，是個浪子。那日，正與使女春香在後園亭子上鬧草，不妨天秀前來，到躲避不便。回（因）天秀遇見，將二人責備一番。董家人切恨在心。纔過一月，有表兄黃美在東京為通判，有書來請天秀。天秀接書，不勝歡喜。入對張氏道：「久聞東京乃建都之地，景致所在，欲去遊覽無便。會得表兄書來相請，乘此去探望，以慰平昔之志。」張氏答道：「日前僧人道君須防有厄，不可出門。且兒子又年幼，此則莫往為善。」天秀不聽，吩咐董家人收拾行李，次日辭妻，吩咐看管門戶而別。

不為利名離故里　寧知此去魂歸來

正當三月初邊天氣，天秀與董家人並琴童，行了數日，早路到河口，是一派水程。天秀討了船隻，靠晚船泊陝灣。那兩個稍子，一姓陳一姓翁，皆是不善之徒。董家人深恨日前被責之事，要一報無由。是夜密與二稍子商量。我官人箱中有白銀一百兩，行裳衣資極廣。汝二人若能謀之，將此貨物均分。陳翁二稍笑道：「汝若不言，吾有此意久矣。」是夜，天秀與琴童在前倉睡，董家人在櫓後睡。將近二更，董家人叫聲：「有賊」。天秀夢中驚覺。便探頭出船外來看，被陳稍拔出利刀一下刺死，推在河裡。琴童正要走時，被翁稍一棍打落水中。三人打開箱子，取出銀子均分訖，陳翁二稍依前撐船回去。董家人將其財物走上蘇州去了。嘗言道「莫信直中直，須防人不仁。」可憐天秀平昔好善，今遭惡死。雖則是不納忠言之過，其亦大數難逃也。當下琴童被打昏迷，尚得不死。浮水上得岸來，號泣連聲，天色漸明，忽上流頭，有一漁舟下來，聽得岸上有人啼哭，撐船過來看時，卻是一十八九歲小童，滿身是水，問其來由？琴童哭告被劫之事。漁人即帶下船，撐回家中，取衣服與他換了。乃問：「汝要回去？只同我在此過活？」琴童道：「主人遭難，不知下落，如何回去得？願隨公公在此。」漁翁道：「從容為你訪問劫賊是誰？又（再）作理會。」琴童拜謝。當夜，那天秀尸首流在蘆榆港裡，隔岸便是清河縣城，西門有一慈惠寺，正是三月十五會作齋事，和尚出港口放水燈，見一死尸，新（鮮）血滿面，下身衣服尚在，眾僧人道：「此必是遭劫客商，拋尸河裡，流停在此。」內中一老僧道：「我輩當發慈悲心，將此尸埋於岸上，亦一場好事。」眾人依其言撈其尸首埋訖。放了水燈回去。是時包公因往濠州賑濟，事畢轉東京，經清河縣過。正行之際，忽馬前一陣旋風處，哀號不已。拯疑怪？即差張龍隨此風下落。張龍領旨，隨旋風而來，至岸中乃息。張龍回覆於拯，拯留止清河縣公廨中。次日，委本縣官帶公牌前往眼勘，扒開視之，見一死尸，宛然頭上傷一刀痕。周知縣檢視明白，問前面是那裡？公人稟道是慈惠寺，知縣令拘僧行問之，皆言日前因放水燈，見一尸首流停在港裡，故收埋之。不知為何而死？知縣道：「分明是汝數人謀殺而埋於此，尚有何說。因令將此一起僧人悞監，收于獄中。」回覆於拯。拯再取出眼勘，各稱冤枉，不肯招承。自思既是僧人謀殺之，其尸必丟於河裡，豈又自埋於岸上？此有可疑。因令收監眾僧審實，將有二十餘日，尚不能決。時四月盡，聞荷花盛開，本處士女適其時有遊船之樂。忽日，琴童與漁翁正出河口賣魚，恰遇著翁陳二稍在船上賞夏飲酒，特來買魚。琴童認得是謀他主人的，即密與漁翁說知，漁翁道：「汝主人之冤雪矣！即今包大人在清河縣斷一獄未決，留止於此，爾宜即往報告。」琴童連忙上岸，逕到清河縣公廨中見包拯，哭告主人被船稍謀死情由，現今賊人在船上飲酒。聽罷遂差公牌黃、李二人隨琴童來河口，登時入船中，將翁陳二稍提到公廳中見拯。拯令琴童去認尸回報，哭訴正是主人。被此二賊謀殺的尸身。拯吩咐著嚴刑勘問，翁陳二稍見琴童在證，疑是鬼使神差，一疑招承明白。便用長枷監于獄中，放回眾僧人。次日，拯取出賊但原劫銀兩明白，疊成票卷，押赴市心斬首訖。當下只未提到董家人。拯令琴童給領銀兩，用棺木盛了尸首，帶喪回鄉埋葬。琴童拜謝自去，酧了漁翁，帶表轉揚州不提。後來天秀之子蔣仕卿，讀書登第，官至中書舍人。董家人因得財本成富商，數年（後），在揚州遇盜被殺，財本一空。

細讀《百家公案》這則故事（日本蓬左文庫藏），其構成情節的文辭，則與《金瓶梅詞話》第四十七回的苗青案，略有不同之處。根據日本學人大塚秀高的《中國通俗小說書目》（增補本）所記，說是《百家公案》的原本已佚，該蓬左文庫本是後刻。但大塚卻未註明所據。但從兩者間的故事情節看，《百家公案》中的這則〈琴童代主人伸冤〉的故事，頗多不能周圓。譬如後面寫到包公出現，路遇旋風，派張龍跟隨旋風去查看，到包公判案結束。都是潦潦草草，沒有前面的情節，結構嚴實，似是刪略過的。

關於此一問題，馬幼垣先生在其所寫〈明代公案小說的版本傳統〉一文中，曾說：「……《百家公案》的編者力求創作，避免一字不改的抄自其他集子，儘管這可能意味著得把早期的模式有技巧的加以改寫。……」正由於《百家公案》的故事，本來就是為了完成一百回的趨勢，又為了各篇字數的長短齊一，遂剪裁成這樣。總而言之，《百家公案》的故事，是改寫過的，這篇〈琴童代主人伸冤〉，也是改寫過的。

這篇〈琴童代主人伸冤〉的原故事，是那裡來的？今尚未能查知。但從其中所寫蔣天秀的妻子，先說是「李氏」，後又改為「張氏」的這一點來看，亦可確知蓬左文庫本《百家公案》的這篇故事，不是原故事。那麼，《金瓶梅詞話》第四十七回的「苗青案」，是不是原故事呢？

請再看這篇「苗青謀財害主案」：

苗青案（《金瓶梅詞話》第四十七回原文）

話說江南揚州廣陵城內，有一苗員外，名喚苗天秀。家有萬貫資財，頗好詩禮，年四十歲身邊無子，止有一女，尚未出嫁。其妻李氏，身染痼疾在床，家事盡托與寵妾刁氏，名喚刁七兒。原是揚州大馬頭娼妓出身，天秀用銀三百兩娶來家納為側室，寵嬖無比。忽一日有一老僧在門首化緣，自稱是東京報恩寺僧。因為室中缺少一尊鍍金銅羅漢，故雲遊在此訪善紀錄。天秀問之不吝，即施銀五十兩與那僧人。僧人道：「不消許多，一半足以完備此像。」天秀道：「吾師休嫌少，除完佛像，餘剩可作齋供。」那僧人問訊致謝。臨行向天秀說道：「員外左眼眶下有道白氣，乃是死氣，主不出此年，當有大災殃。你有如此善緣與我，貧僧焉可不預先說與你知。今後隨有甚事，切勿出境。戒之！戒之！」言畢作辭天秀而去。那消半月，天秀偶遊後園，見其家人苗青，平日是個浪子，正與刁氏在停側相倚私語。不意天秀卒至，躲避不及看見，不由分說，將苗青痛打一頓，誓欲逐之。苗青恐懼，轉央親隣，再三勸留得免；終是切恨在心。不期有天秀表兄黃美，原是揚州人氏，乃舉人出身，在東京開封府做通判，亦是博學廣識之人也。一日差人寄了一封書來揚州與天秀，要請天秀上東京，一則遊玩，二者為謀其前程。苗天秀得書，不勝歡喜，因向其妻妾說道：「東京乃輦轂之地，景物繁華所萃，吾心久欲遊覽，無由得便。今不期表兄書來相招，實有以大慰平生之意。」其妻李氏便說：「前日僧人相你面上有災厄，囑付不可出門。且此去京都甚遠，況你家私沈重，抛下幼子（女）病妻在家，未審此去前程如何？不如勿往為善。」天秀不聽，反加怒叱說道：「大丈夫生於天地之間，桑弧蓬矢，不能遨遊天下，觀國之光，徒老死牖下無益矣！況吾胸中有物，囊有餘資，何愁功名之不到手。此去表兄必有美事予我，切勿多言。」三人于是吩咐家人苗青，收拾行李衣裝，多打點兩箱金銀，載一船貨物，帶了兩個家童，並苗青來上東京取功名，如拾草芥，得美職猶唾手。遺囑（囑咐）妻妾守家值日起行。正值秋末冬初之時，從揚州馬頭上船，行了數日到徐州洪，但見一派水光，十分險惡：

萬里長洪水似傾　東流海島若雷鳴

滔滔雪浪令人怕　客旅逢之誰不驚

前過地名陝灣，苗員外看見天晚，命舟人泊住船隻。也是天數將盡，合當有事，不料搭的船隻，卻是賊船。兩個稍子皆是不善之徒，一個姓陳，名喚陳三，一個姓翁，乃是翁八。常言道：「不著家人，弄得家鬼。」這苗青深恨家主苗天秀日前被責之仇，一向要報無由。口中不言，心內暗道：「不如我如此如此這般這般，與兩個艄子做一路，拿得將家主害了性命，推在水內，盡分其財物。我這一回去，再把病婦謀死，這分家私連刁氏，都是我情愛（承受）的。」正是：「花枝葉下仍藏刺，人心怎保不懷毒。」這苗青由是與兩個艄子，密密商量說道：「我家主皮箱中還有一千兩金銀，二千兩緞疋，衣服之類極廣，汝二人若能謀之，願將此物均分。」陳三、翁八笑道：「汝若不言，我等不瞞你說，亦有此意久矣！」是夜天氣陰黑，苗天秀與安童在中艙睡，苗青在櫓後。將近三鼓時分，那苗青故意連叫：「有賊。」苗天秀從夢中驚醒，便探頭出艙外觀看，被陳三手持利刀，一下刺中脖下，推在洪波蕩裡。那安童正要走時，乞翁八一悶棍打落于水中。三人一面在船艙內，打開箱籠，取出一應財帛金銀，并其緞貨衣服，點數均分。二艄便說：「我哥若留此貨物，必然有犯，你是他手下家人，載此貨物，到於市店上發賣，沒人相（不）疑！」因此二艄盡把皮箱中一千兩金銀，並苗員外衣服之類分訖。依前撐船回去了。這苗青另搭了船隻，載至臨清碼頭上，鈔關上過了，裝到清河縣城外官店內御下，見了揚州故舊商家，只說家主在後船便來也。這個苗青在店發賣貨物不提。常言：「人便如此如此，天理未然未然！」可憐苗員外，平昔良善，一旦遭其從僕人之害，不得好死。雖則是不納忠言之勸，其亦大數難逃。不想安童被（翁）艄一棍打昏，雖落水中，幸得不死。浮沒蘆港，得岸上來，在於堤邊號泣連聲。看看天色微明之時，忽見上流有一隻漁船，撐將下來，船上坐著個老翁頭頂箬笠身披短蓑。只聽得岸邊蘆荻深處有啼哭，移船過來看時，卻是一個十七八歲小廝，滿身是水。問其始末情由，卻是揚州苗員外家童，在洪上被劫之事。這漁翁帶下船，撐回家中，取衣服與他換了，給以飲食。因問他：「你要回去乎？卻同我在此處過活？」安童哭道：「主人遭難，不見下落，如何回得家去？願隨公公在此。」漁翁道：「也罷，你且隨我在此，等我慢慢訪此賊人是誰？再作理會。」安童拜謝公公，遂在此翁家過其日月。一日，也是合當有事，年除歲末，漁翁忽帶安童，正出河口賣魚，正撞見陳三翁八在船飲酒，穿著他主人衣服，上岸來買魚。安童認得即密與漁翁說道：「主人之冤當雪矣！」漁翁道：「如何不具狀官司處告理，當（有）下落。」安童將情具告到巡河周守備府內，守備見沒贓證，不接狀子。又告到提刑院夏提刑見是強盜劫殺人命等事，把狀批行了。從正月十四日差緝捕公人，押安童下來拿人，前至新河口，把陳三翁八獲住到案，責問了口詞，二艄是安童在傍執證，也沒得動刑，一一招承了。供稱下手之時，還有他家人苗青，同謀殺其家主，分贓而去。這裡把三人監下，又差人訪拿苗青，一起定罪。因節間放假，提刑官吏，一連兩日沒來衙門中辦事，早有衙門首透信兒的人，悄悄報與苗青。苗青把（知道）這件事（可）慌了。

這以下便是描寫苗青如何擺脫了這件要命的刑案。他透過了西門慶的相好王六兒的從中關節，把所得財物張羅了一千兩銀子，買通了西門慶，只把陳三、翁八當作正犯問了斬刑殺了。安童保領在外，把苗青放了。後來，雖然安童又報告了開封通判黃美，上告到御史台前，終於沒有把正犯苗青拘案審理。

《百家公案》的這篇〈琴童代主人伸冤〉的故事，在《金瓶梅詞話》中，則是這樣改纂的。

從兩刊的文辭異同來看，《金瓶梅詞話》似在《百家公案》之後；再向前推移，也祇能看成同時期。它們全是從同一個原始故事來的。我們看：

(1)蔣天秀之妻的姓氏

①《百家公案》蔣天秀之妻，先李氏後張氏。

②《龍圖公案》蔣天秀之妻，統一寫為張氏。

③《金瓶梅詞話》苗天秀之妻，統一寫為李氏。

按同一人的姓氏，竟然前後不一，先寫「李氏」，後又寫為「張氏」，這種情形，絕少會出於原作者之手，抄錄者或改寫者，卻有致誤的可能。或者他根據的原故事，蔣妻姓李或姓張，他準備改成另一姓氏，卻又一時忘了統一，遂產生了這種前後不一的情事。要不然就是手民誤了。後刻者再根據這個故事，自然要統一起來。《龍圖公案》乃承襲《百家公案》者，遂統一為「張氏」（此一故事，蔣妻出現五次，有四次寫為「張氏」）。《金瓶梅》則統一為「李氏」。也許原故事就是李氏，《金瓶梅詞話》根據的是原故事。所以我推斷《金瓶梅詞話》也可能與《百家公案》同時代採用了這個故事。但也可能從《百家公案》而來。

(2)「稍子」、「陗子」、「艄子」

①《百家公案》的兩個船伕，一律寫為「稍子」（或二稍）。

②《龍圖公案》則先寫作「陗子」，後則一律寫為「稍子」（或「二稍」）。

③《金瓶梅詞話》則先寫作「稍子」，後則一律寫作「艄子」（或「二艄」）。

按《龍圖公案》這則故事的第一個「稍子」寫作「陗子」，顯然是手民之誤。其他則與《百家公案》同，一律寫作「稍子」。《金瓶梅詞話》的第一個「稍子」，寫作「稍子」，其他悉作「艄子」，更顯然的證明了它是從《百家公案》而來。「稍子」應為「艄子」，乃正確的寫法。何以一開始未把「稍子」改為「艄子」？自是一時疏忽所致。像這種情形，更足以說明了《金瓶梅詞話》的寫作，在《百家公案》之後。最保守的說法，也祇能同時期，不可能在前。

其他，如「蔣天秀」改為「苗天秀」，又將「董家人」改為苗青，「使女春香」改為「側室刁氏」且為妓女出身，「責罵」改為「痛打」，悉為小說家的手段。至於《金瓶梅詞話》中的這個故事，寫得比《百家公案》要周圓充實，也足以說明《金瓶梅詞話》的寫作在後。

上論各情，都是無可置辯的事實。若以之與我在《金瓶梅的原貌探索》第八章〈苗青、苗員外、苗小湖〉（民國 75 年學生書局出版）來作對照，可以推斷「苗青案」在《金瓶梅詞話》的情節中，當是傳抄時代之《金瓶梅》的殘餘情節之一。

如果《百家公案》之梓行於萬曆二十二年（1594）是正確的，則《金瓶梅詞話》中的「苗青案」，與《百家公案》的故事，乃源出一脈，當是無可懷疑的。那麼，《金瓶梅》的寫作，其傳抄時代的手稿，當是萬曆中葉的產物。斯亦一證也。

3.別頭巾文

證明《金瓶梅詞話》之改寫成書，應在萬曆末的另一直接證據，當是第五十六回的〈別頭巾文〉。

按此篇〈別頭巾文〉，除《金瓶梅詞話》有它之外，其他尚有《開卷一笑》與《繡谷春容》二書，也刊有此文。且該二書的出版年代，都在萬曆以後，比《金瓶梅詞話》晚，最早也祇能同時。

（關於這兩本書的刊行問題，我寫有〈開卷一笑的版本問題〉及〈開卷一笑的編者〉二文（參閱民國 77 年 2 月臺北學生書局出版之拙作《小說金瓶梅》頁 226-239）。另寫有〈繡谷春容的版本〉一文，刊民國 76 年 11 月 12 日臺灣新聞報副刊。）

查《開卷一笑》卷九，〈太倉偷兒〉一文，有「太倉庫於萬曆中」字樣，即足以證之此書之編成，當在萬曆以後。所謂「卓吾居士李贄編集」、「一衲道人屠隆參閱」，顯是偽託。蓋李贄（卓吾）卒於萬曆三十年（1602），屠隆（一衲道人）卒於萬曆三十三年（1605），怎能編入寫有「太倉庫於萬曆中」的文章？

再查《繡谷春容》卷十二，選有一篇〈萬曆登極改元詔〉的文章。這「萬曆登極改元詔」一辭，當是萬曆以後人的語氣。若是萬曆間人所寫，應稱「今上」，但最低限度，也應加「皇帝」二字，寫成「萬曆皇帝登極改元詔」，安敢直稱「萬曆登極改元」？何況，《繡谷春容》的出版者「建業大中世德堂」，乃「金陵世德堂」之後枝。推想此書之板行，也在萬曆之後的天啟間。

另外，最容易分辨的還是三處所刊〈別頭巾文〉的文辭之改纂情形，一看就知道誰先誰後了。

(1)《開卷一笑》（〈別頭巾文〉署名「一衲道人」）

一戴頭巾心甚懽，豈知今日悞儒冠；
別人戴你三五載，偏戀吾頭三十年。
要戴烏紗求閣下，做篇詩句別尊前；
此番不是吾情薄，白髮臨期太不堪！
今秋若不登高第？踹碎冤家學種田。
維歲在大比之期，時當揭曉之候，訴我心事，告汝頭巾。
為你青雲利器望榮身，誰知今日白髮盈頭戀故人。嗟乎！憶我初戴頭巾，青青子衿，承汝枉顧，昂昂氣忻。既不許我少年早發，又不許我久屈待伸。上無公卿大夫之職，下非農工商賈之民。年年居白屋，日日走黌門。宗師案臨，膽寒心震。上司遞接，東走西奔。思良為你，一世驚驚赫赫。受了若干辛苦；算來一年四季，零零碎碎，被人賴了多少束脩銀。告狀助貧，分穀五斗，祭丁領票，支肉半斤。官府見了，不覺怒嗔；早快通稱，盡道廣文。南京路上，陪人幾次，東齋學霸，惟吾獨尊。你看我兩隻皁靴穿到底，一領藍衫剩布筋。埋頭有年，說不盡艱難悽楚。出身何日？空歷過冷淡酸辛。賺盡英雄，一生不得文章力，未沾恩命，數載猶懷霄漢心。嗟乎！哀哉頭巾，看他形狀，其實可矜！後直前橫，你是何物，七穿八洞，真是禍根。嗚呼！沖霄鳥兮未垂翅，化龍魚兮已失鱗。豈不聞，久不飛兮，一飛登雲，久不鳴兮，一鳴驚人。早求你脫胎換骨，非是我棄舊憐新。斯文名器，想是通神，從茲長別，方感洪恩。短詞薄奠，庶來其歆；理極數窮，不勝具怨。就此拜別，早早請行。

（上錄《開卷一笑》所刊文辭，如從文句辭義看，僅有文中之「思量為你，一世驚驚赫赫」之「思量」二字的「量」字，刻為「良」字，當屬誤刻。其他可說悉無註誤。在後印之《山中一夕話》中，已補正為「量」。）

(2)《繡谷春容》（署名闕如，題為〈別儒巾文〉）

（詩十句闕如）

（文中之「既不許我少年早發，又不許我久屈待伸。」則在「我」字下，少「年早」二字，句為「既不許我少發，又不許我久屈待伸。」又「官府見了，不覺怒嗔，皁快通稱，盡道廣文。」句為「官府見了，不覺起怒，皁快通稱，盡道廣文。」）

從兩書所刻文辭之異辭看來，顯然的，《開卷一笑》的文辭是正確的，《繡谷春容》

的文辭有誤。蓋此文之文體，乃駢體，不惟是四六對句，且講求叶韻。如「既不許我少年早發，又不許我久屈待伸。」此乃駢句，上句八字，下句亦是八字，《繡谷春容》之「既不許我少發，又不許我久屈待伸。」少了「年早」二字，不惟上下文句駢不起來，且文義也有了缺失。顯然是《繡谷春容》錯了。再另一句「官府見了，不覺怒嗔，皁快通稱，盡道廣文。」乃叶韻句，「嗔」與「文」相叶。《繡谷春容》改為「怒起」，便無從與「廣文」二字相叶了。

這樣看來，足以證明《開卷一笑》所刻是原文，《繡谷春容》所刻，當是傳抄來的，在輾傳抄時抄漏了，抄誤了。這都說明了《繡谷春容》是後刻。

(3)《金瓶梅詞話》（無題目，從應伯爵口中道出）

以之與《開卷一笑》對照，有六處異辭：

①「偏戀我頭三十年」，刻「偏」為「徧」。

②「青青子矜」，刻「矜」為「襟」。

③「宗師案臨，膽寒心震。」刻「寒」為「祛」，刻「震」為「驚」。

④「算來一年四季」，漏刻「算來」二字。

⑤「祭丁領票，支肉半斤。」刻為「祭下領支肉半斤。」

⑥「南京路上，陪人幾次；東齋學霸，惟吾獨尊。」刻為「東京路上」及「兩齋學霸」。

極為顯然，《金瓶梅詞話》之所以有此六處異辭，除了相同於《繡谷春容》的輾轉傳抄之誤，還有故意改的兩字。如「南京路上」改為「東京路上」，自是為了遷就小說的北宋故事，遂把「南京」改為「東京」。這樣一改，「東」字則與下一句的「東」字犯重，遂改「東齋」為「兩齋」。其他各句的異辭，自是傳抄形成之異，似也不必細說的了。

總之，《金瓶梅詞話》的這篇文章，看來也應刻在《開卷一笑》之後。再往上推想，也祇能與《開卷一笑》同時成書，似無可能是《開卷一笑》抄自《金瓶梅詞話》。光是從這一點說來，也足以證明《金瓶梅詞話》之改寫成書，時間當在萬曆末。

再說《開卷一笑》中的這篇〈別頭巾文〉，署名「一衲道人」。這「一衲道人」是屠隆的筆名，已經獲得證實。（我見到屠隆手書的《七言詩卷》自署「一衲道人屠隆」。）此一問題，可使我們產生兩種推想：①〈別頭巾文〉，乃屠隆的游戲筆墨，應是可能的。②縱係偽託，這位偽託的作者，必是屠隆以後的人物。屠隆卒於萬曆三十三年（1605），那麼，《金瓶梅詞話》之改寫完成，當在屠隆故後，也是情實的至理。

有了這樣的直接證據（〈別頭巾文〉），來證明《金瓶梅詞話》是改寫本，改寫成書的時間，在萬曆末，還有什麼可爭論的呢？

4.政治諷諭已明示了《金瓶梅詞話》的成書時間

我說傳抄時代的《金瓶梅》原是一部有關政治諷諭的小說，如袁宏道論贊中的「雲霞滿紙，勝枚生〈七發〉多矣」以及欣欣子敘中的「竊謂蘭陵笑笑生，作《金瓶梅傳》，寄意於時俗，蓋有謂也。」都是此一小說乃政治諷諭的提示。惜乎初期的抄本，佚而不見，無從以原本直接立說。好在今見之兩種改寫本（十卷本、二十卷本），尚殘存了一些政治諷諭的情節，有不少蛛絲馬跡可尋。

最顯著是十卷本的第一回，不惟所引錄的宋詞〈眼兒媚〉，詞人卓田所寫的「請看項籍並劉季」，「只因撞著虞姬戚氏，豪傑都休。」用不到西門慶的頭上，在入話中，敘述的劉邦寵戚夫人有廢嫡立庶未成的故事，更與《金瓶梅詞話》所寫之西門慶的身家興衰，也楔不進而話不入。這情事，自是初期傳抄時代的《金瓶梅》殘餘下來的情節。

（有人說，《金瓶梅詞話》的此一部分，乃錄自宋人清平山堂話本《刎頸鴛鴦會》的「入話」。我們如將兩者加以比對閱讀，雖兩者都引證了卓田這闋〈眼兒媚〉，但入話的論點，則大異其趣。《刎頸鴛鴦會》以「情色」入話，堪與步非煙的故事情節協。可是《金瓶梅詞話》別錄的斯一「情色」之論，則與西門慶的故事情節不協。因為《金瓶梅詞話》的故事，有「色」而無「情」也。再說，《刎頸鴛鴦會》中，並無劉寵戚項戀虞的入話。蓋《金瓶梅詞話》之抄錄了《刎頸鴛鴦會》的此一入話部分，顯然的，有所藉也。）

我之所以推想此一部分之與萬曆爺朱翊鈞的寵愛鄭貴妃，萌生了廢長立幼的心意，自萬曆十四年（1576）正月鄭氏生了皇三子常洵始，便形成了此一事件。綿綿亙亙，一直到天啟登極，還鬧出了「移宮」事件，給明朝的宮闈寫成一部《三朝要典》（萬曆朝的「梃擊」，泰昌朝的「紅丸」，天啟朝的「移宮」）。

（萬曆的皇長子常洛，出生於萬曆十年（1572）八月十一日，皇三子常洵，出生於萬曆十四年正月初四日。（皇二子夭折）。自皇三子出生，大臣們便上疏請封東宮，一直拖到萬曆二十九年（1601）十月，方始草草完成冊封禮。而皇三子也封了王——福王，國在洛陽。卻又拖到萬曆四十二年（1614）三月，始行離京之藩。且在萬曆三十一年（1602）又轟揚起了常洵取代常洛，入主東宮的妖書事件。鬧得天下沸騰，年餘未息。皇三子之國的第二年（1615）五月，又發生了「梃擊」事件。（一位手持棗木棍的男子，打進東宮。）萬曆四十八年（1620）七月二十二日皇帝宴駕，太子常洛登基，甫一月便因病服食紅丸駕崩，因而鬧出了「紅丸」毒死皇帝的事件。太子由校繼位，卻又發生了鄭貴妃為常洛太子選的侍妃李氏，住在正宮不讓的事。遂又發生了「移宮」事件。（楊漣、左光斗等人，偪這位李選侍移宮。）可以說在明朝的十君二百七十餘年的執政歲月中，幾無任何一朝的宮闈事件，勝過萬曆朝者。在疏請冊封東宮的十五年間，因此事而觸怒了皇帝，受到廷杖、謫官、遣戍者，接二連三也。）

在萬曆朝，既有人以「妖書」（《憂危竑議》）諷示皇三子常洵將取代皇長子常洛入主東宮，自有人賦諸小說來諷諭斯一事件。袁宏道的所謂「勝枚生〈七發〉多矣」與欣欣子敘文中的「竊謂蘭陵笑笑生作《金瓶梅傳》，寄意於時俗，蓋有謂也。」若不是指的這一宮闈事件，其他還有什麼「時俗」，可以「寄意」若是深也！

下面，我們再說《金瓶梅詞話》中的「泰昌」隱喻。

按常洛自萬曆四十八年（1620）八月一日登極，九月一日便賓天了。在位僅一月，史稱「一月皇帝」。

（常洛即位，年號「泰昌」。這一月皇帝故後，為了「泰昌」的紀元，曾經大臣廷議，一論是附於萬曆不立紀元，二論是上借父下借子，改萬曆四十八年全年為「泰昌」元年，三論是借子不借父，自萬曆四十八年八月一日起至十二月二十九日（該月小）止，共五閱月為「泰昌元年」。天啟於九月六日登極，詔改明年為天啟元年。泰昌登極時，亦曾詔改明年，為泰昌元年。）

在《金瓶梅詞話》第七十回，寫到西門慶升任了正千戶。於是「東京本衛經歷司，差人行照會到，曉諭各省提刑官員知悉，火速赴京，趕冬至令節，見朝引奏謝恩，毋得違誤，取罪不便。」（3、4 頁）這西門慶與夏提刑，便打點了一番，兩家有二十餘人跟從，十一月十二日起早，前往東京。

小說雖未寫明西門慶何日抵京，但可從抵京後的停留時日推算出來。

(1) 先說，西門慶抵京

西門慶抵京當天，住在夏提刑安排的崔中書家。（第一晚）

第二天，去拜蔡太師，蔡太師不在家，代聖上去主持新建上清寶籙宮的奉安牌匾去了，要到午後纔散。到家後，還要到鄭皇親家吃酒，告訴他們等不的。

> ……西門慶因問：「親家，俺們幾時見朝？」翟謙道：「親家，你同不得夏大人。夏大人如今京堂官，不在此例。你與本衛新陞的副千戶，何太監侄兒何求壽，他便貼刑，你便掌刑，與他作同僚了。他先謝了恩，只等著你見朝引奏畢，一同好領劄付。你凡事只會他去。」夏提刑聽了，一聲兒不言語。西門慶道：「請問親家，你曉的，我還等冬至郊天回來見朝，如何？」翟謙道：「親家，你等不的。冬至，聖上郊天回來，那日天下官員，上表朝賀畢，還要排慶成宴，你們怎等的？不如你今日先到鴻臚寺報了名，明日早朝謝了恩。直到那日堂上官引奏畢，領劄付起身就是了。」西門慶謝道：「蒙親家指教，何以克當？」……（第 5 頁反第 6 頁正）

此後，西門慶在京，便一切依照翟謙的這一段話，作為行動的程序。這天，西門慶與夏龍溪告辭了翟管家，回到崔府，便差賁四到鴻臚寺報了名。仍在崔中書家住下。（第二晚）

第三天，西門慶與夏提刑一同去上朝謝恩。不想只在午門前，便謝了恩出來了。剛轉過西闕門，便遇見了何老太監等他。請到直房敘話，不過是聯絡西門慶照顧他侄子。因為何老太監的侄子何永壽，派任清河提刑所作了西門慶的貼刑，已經謝過恩了，專等西門慶謝過恩，一同引奏當堂，見禮領劄付上任。所以西門慶告辭出了朝門，便到兵部拜官，遞履歷手本繳劄付。遇見夏提刑，已改穿指揮服色了。（又順便託西門慶伺機為他處理清河縣的房屋。）回到崔中書家，知何千戶前來投帖備禮拜過，遂也具禮帖，飯後將往何家回拜。在何家相商，「咱每幾時與本主老爺見禮領劄付？」西門慶答說：「依著舍親（翟管家）說，咱們先衛主宅中進了禮，然後大朝引奏，還在本衙門到堂，同眾領劄付。」何千戶道：「既是長官如此說，咱們明日早備禮進了吧。」於是二人商定禮數，約定明早在太尉宅前取齊。這天，西門慶由何家告辭出來，仍舊回到崔中書府上，再住一晚。（第三晚）

第四天一大早，西門慶與何永壽便到太尉府進禮，等候大朝引奏。（這裡寫朱太尉視牲回來，一路上的威風，以及「大朝引奏」的盛況，不像個太尉，儼然天子也。）完後，西門慶與何永壽騎馬回寓。走到大街，何千戶一面先差人去回何老太監話，一面邀請西門慶到他家一飯。西門慶固辭不成，遂一同到了何家。老太監出來接待，又是酒飯，又是家樂，吹打歌唱，直到上燈。雖經打發了廚役並吹打各色人等的賞賜，卻也辭身不得。因為明天還要一同參謁兵科，好領劄付掛號，何太監便堅要西門慶住到他家來。這天晚上，西門慶不但把行李由崔中書家搬到何太監家，還為夏千戶清河的房屋，轉讓給何千戶，當晚就辦了交割的手續。西門慶道：「今日晚了，待的明日也罷了。」何太監則說：「到五更我進去了。（上朝去了）明日大朝，今日不如先交與他銀子，就了事而已。」於是西門慶問道：「明日甚時駕出？」何太監道：「子（午字誤刻）時駕出到壇，三更鼓祭了。寅正一刻，就回到宮裡，擺了膳，就出來設朝陞大殿，又朝賀天下。諸司都上表拜冬。次日，文武百官吃慶成宴。你仍是外任官，大朝引奏過，就沒你們事了。……」這裡業已寫明，明天就是冬至日。也就是說，西門慶抵京後的第五天，就是冬至日了。這天晚上，西門慶住在何太監家。晚上還夢見了李瓶兒。（第四晚）

第五天，起身吃了早飯，西門慶與何永壽便冠冕起來，僕從跟隨，進內參見兵科。出來後，何千戶回家，西門慶便到相國寺拜智雲長老。再到崔中書家拜辭夏提刑，又談定了交房的時間，再回到何千戶家，轉告了夏提刑騰出房屋的時間，吃了中飯，翟管家送禮（下程）來，西門慶又為王經的姐姐（嫁給翟管家為妾的韓愛姐）料理一些禮物事。西門慶又寫帖拜謝崔中書。夏提刑又來回拜。就這樣，又過了一天。這天，又在何家住了一晚。（第五晚）

（上錄在何家又多住的這一晚，似是改寫者故意重複出來的，恰似這部小說的「編年」，在情節演進過程中，故意重複了一年，這裡也故意重複了一天。我們看這一回所寫第四天（西門慶抵京後的第四天）晚上，西門慶與何老太監的對話，不是已經說明了「明天」就是冬至日嗎？老太監告訴西門慶，他明天五更就要上朝了，而且說明「明日大朝」。西門慶問「明日甚時駕出？」何老太監告訴西門慶說：「子時駕出到壇，三更鼓祭了，寅正一刻，就回到宮裡，擺了膳，就出來設朝陞大殿，又朝賀天下。諸司都上表拜冬。次日，文武百官慶成宴。……」（七十一回第8頁）按說，西門慶在何家住了第一晚——抵京後的第四晚，第二天就是冬至節了。可是西門慶在何家住了第一晚，第二天起身，並未一早上朝賀冬，反而吃了早飯後，又與何千戶冠冕起來，再到兵科參見。又料理了一些一己酬酢之事，再住了一晚，方是冬至日。豈不是故意重複了一天？）

第五天，「起五更與何千戶一行人，跟隨進朝，先到待漏院候時，等的開了東華門進入。」（第七十一回第十三頁正面）這裡纔寫到冬至節朝中拜冬的情況。西門慶與何千戶上朝拜冬完畢，本應再到太尉府拜冬，朱太尉轉道去蔡爺李爺宅內拜冬去了。眾官散後，西門慶與何千戶回到家中，又過了一夕。（應為第五晚）

第六天，（次日）衙中領了劄付，同眾科中掛了號，打點殘裝，收拾行李，與何千戶一同起身。何太監晚夕置酒餞行，囑付何千戶，凡事請教西門大人，休要自專，差了禮數。（應為第六晚）

（如以情理說，西門慶住到何千戶家，主要的原因，就是為了便於與何千戶二人一同上朝引奏，正像翟謙說的：「你們是外官，大朝引奏過，就沒你們事了。」所以，我們如按程序看，西門慶住到何千戶家的第一晚，應是冬節的前夕，遂有西門慶動問「明日甚時駕出」的問語。等到大朝引奏完了，冬節的拜冬禮也過了。餘下的時間，方是西門慶在京城來作辭行答謝的工作。那麼，前面寫的那一些「參見兵科」、「相國寺拜慈雲長老」、「崔中書家拜辭夏提刑」（談騰房時間事）、「拜謝崔中書」、「夏提刑回拜」、「為王經料理他姐姐禮物事」，都應寫在西門慶「上朝引奏」完後的兩天時間裡。在冬至這天引奏過了，西門慶又在何家住了兩晚。光是打點行裝，用不了這多時間。想來，也許錯簡了。而我，卻認為是改寫者的故意，有意錯綜了「泰昌」元年的隱喻也。）

(2)再說，西門慶的離京

西門慶的此次離京日期，是十一月十一日。

這一點，在小說的情節上，業已寫得明明白白。（寫在七十一回第16頁正面第9行。）

這個離京的日期，可真是微妙極了。

前面（第七十回第4頁正面第9行）業已寫得清清楚楚，西門慶與夏提刑兩家，由清河起身晉京的日子，是十一月十二日。通常，由清河到東京，行程要半個月。西門慶在京城又停留了六天，按事實，西門慶離京日應在十一月三十日前後。如今，這小說竟寫著西門慶離京的日子是「十一月十一日」。豈不是透著「微妙」嗎？

按天啟元年（1621）的冬至，是十一月初九日。西門慶在冬至日的當晚，住在何太監家，第二天又住了一晚纔離京。離京的日子是十一月十日，豈不是指明了這年的冬至日是十一月初九嗎。

還有一點，西門慶此番晉京的抵京日，小說並未寫明，祇寫明在清河起身的日子是十一月十二日。半個月的行程，應該是十一月二十六日抵京。可是，他們這次晉京，朝命是冬至令節以前到達。我們看西門慶抵京的活動，並不祇是謝恩、大朝引奏，還得繳交舊職的劄付。領取新職的劄付。太師府、太尉府都得拜謁。所以他們到京中住了四晚，方是冬至日——大朝引奏的日子。所以他們於十一月十二日離開清河，為了早日到達京城，曾經「晝夜趲行」，可以推想他們早兩天到達，可能是十一月二十四日抵京。

關於西門慶抵京日之應為十一月二十四日，寫在第七十二回的情節，卻有明喻。寫明了西門慶等人於十一月十一日由東京起身，十一月二十三日到達了沂水縣八角鎮，第二天（十一月二十四日）到家。豈不是明喻了西門慶抵京的日子，也是十一月二十四日嗎。

他們十一月二十四日抵京，在京中住了四晚的第五天，就是冬至日，乃十一月二十八日。正巧泰昌元年的冬至日是十一月二十八日。

這麼看來，《金瓶梅詞話》這兩回（第七十、七十一回）所隱喻的一年兩冬至，乃同情「泰昌」朱常洛這個在位僅一月的皇帝紀年也。

說來，《金瓶梅詞話》的改寫成書，當在「泰昌」與「天啟」之兩個元年間。

若是的苦心安排，能以巧合觀之而穿鑿附會駁之嗎！

(二)二十卷本《新刻繡像批評金瓶梅》

如從這部二十卷本《新刻繡像批評金瓶梅》之刻有崇禎皇帝的避諱字來說，它的出版時間在十卷本《新刻金瓶梅詞話》之後，應是不爭之論。但從謝肇淛（《小草齋文集》）沈德符（《萬曆野獲編》）的說辭來說，《金瓶梅》在傳抄時代，即有了「十卷本」與「二十卷本」之別；前章已述之。至於這兩種傳抄本的成書，來自同一作者？或有後人介入？雖很難推論，然從今見之兩種刻本的內容上，仍能尋得一些分曉。

1.第一回

二十卷本的第一回，與十卷本大不相同，是澈底改寫過的。前章論傳抄本時已述及。

這兩種刻本，雖所編卷帙不同，不作十卷一作二十卷，但兩種刻本的內容與情節，則仍為一百回。二十卷本雖有刪節，如與《水滸傳》或《三遂平妖傳》比起來，還說不上有「繁」、「簡」之別。蓋二十卷的字數，短於十卷本，不過三兩萬言。

如十卷本中的戲曲與小唱，二十卷本刪去了不少。他如第八十四回的「宋公明義釋清風寨」這段故事也刪去了，算得是「割掉贅瘤」（鄭振鐸語）。但像第一回這樣澈底改寫過的情形，其他各回尚無有。更有不少各回前後的證詩，十之九都全部更換過了。若是情形，似乎不是鄭振鐸（〈談金瓶梅詞話〉）所意想的「也不過為便於一般讀者計」而進行改寫的。顯然的，二十卷本的改寫，有其重要的目的。

關於此一問題，我曾寫專文論及，認為十卷本（《金瓶梅詞話》）第一回的入話（以劉邦寵戚夫人有廢嫡立庶意）按到《金瓶梅》的頭上，乃是「一頂王冠」，戴不到西門慶頭上去的。（參閱拙作《金瓶梅的問世與演變》下編（陸）及臺北聯經出版公司印行《中國古典小說研究專集》（二）〈金瓶梅頭上的王冠〉等文）我想，正由於此一原因，二十卷本把它澈底改寫過了。

從謝肇淛的《小草齋文集》與沈德符的《萬曆野獲編》論及《金瓶梅》的文辭來看，我們確實知道袁氏兄弟及謝、沈等人手上的《金瓶梅》抄本，是二十卷本。至於這一「為卷二十」的說辭，始於初期傳抄？還是始於後期（萬曆三十四年以後）傳抄？今雖缺少文獻可徵，但如從初期傳抄到後期傳抄，之間竟有十年有奇的空宕而無聲無闃的這一情況，來作推想，這「為卷二十」的產生，可能非初期傳抄時代所曾有，或許是在這「十年有奇的空宕」裡，改寫而成的。

香港的學人梅節先生從事這兩種刻本的校勘，發現這兩種刻本來自兩種不同的底本。益發可以使我們認定二十卷本《新刻繡像批評金瓶梅》，雖梓行在後，改寫則可能在十卷本《新刻金瓶梅詞話》之前。梅節先生懷疑二十卷本梓行在十卷本之前？答案可能在此。

基乎上述演論，可以認定二十卷本的改寫完成，在十卷本之前。且十卷本還殘餘的那多有關政治諷諭的情節，就是有力的直接證據。

那麼，二十卷本的第一回，之所以澈底改寫過了，其目的，就是刪去「政治諷諭」；換言之，摘去那頂戴不上西門慶頭腦上的王冠。

2.第四十八回

當苗青案賄放之後，夏提刑便從清河縣李大人（縣令）那裡，抄得了巡按山東監察御史曾孝序的參本「邸報」，知道他們正副提刑，都被巡按大人參劾了。

按「邸報」一如今日的政府公報，亦稱「邸抄」（鈔）。明朝稱之為「邸報」、「邸抄」、「邸鈔」，其「邸」乃指「內閣」，由內閣抄出的上諭之謂。雖說「邸報」一辭，唐時人即稱之。據《日知錄》之「雜事」記「邸報」云：「《宋史·劉奉世傳》：『先是進奏院每五日具定本報狀上樞密院，然後傳之四方，而邸吏輒先期報下，或矯入家書，以入郵置』云云。〈呂濤傳〉：『儂智高冠領南，詔奏邸，毋得輒報。』濤言：『一方有警便諸方聞之，共得為備，今意人不知，其意何也？』〈曹輔傳〉：『政和後，帝多微行，始民間猶未知。及蔡京謝表，有「輕車小輦，七賜臨幸。」自是邸報聞四方。』邸報字見於史書，蓋始於此時。」照此說來，十卷本的第四十八回，寫夏提刑說：「學生令人抄了個邸報在此，與長官看。西門慶聽了，大驚失色。急接過邸報來，燈下觀看。」

此處使用「邸報」二字，正合史實。蓋此時正是宋道君的政和年代。但到了二十卷本，竟把「邸報」二字改了。改寫「底本」，改為「底報」矣！

讀至此，能不令人疑而問之：「為啥要改呢？」

此一問題，稍諳明史者，必知萬曆間內閣的文書，較之前朝而「邸報」四方者普遍，是以今日有《萬曆邸鈔》一書傳世，明代其他各朝均無之（無邸鈔成書傳世）。基乎此，我們當能知其改「邸」為「底」的因子矣！

實無他，有恐「投鼠忌器」也。遂改「邸報」為「底本」為「底報」。想來，也未免謹慎太過。

總之，二十回本的此一改寫，決非手民之誤，亦非抄者誤書。深恐關係上政治諷諭吧！

3.五十三回至五十七回

沈德符（《萬曆野獲編》）說：

> 然原本實少五十三回至五十七回，遍覓不得，有陋儒補以入刻。無論膚淺鄙俚，時作吳語，即前後血脈，亦絕不貫串，一見知其贗作矣！

關於這幾句話，本文的前章，也引述過了。且也是《金瓶梅》研究者，討論最多的幾句話。凡是引論這幾句話來演述問題的人，率以十卷本《新刻金瓶梅詞話》為本，尠有以二十卷本《新刻繡像批評金瓶梅》為則者。蓋大家咸認十卷本是沈德符（《萬曆野獲編》）說的那部「未幾時而吳中懸之國門矣」的最早刻本。是以乏人拿二十卷本來作比勘。

自從香港學人梅節先生進行兩種刻本之校勘，打算校正出一部正而無誤的標準本，方始發現今見之兩種刻本乃來自兩種不同的底本。因而使我發生了探討此一問題的興趣。終於在進行了半年之後，不惟發現了梅先生的此一看法正確，兼且發現了沈氏口中的這句「有陋儒補以入刻」的這五回，可能指的是二十卷本不是十卷本。這麼一來，需要去討論的問題可多了。

今經粗略的比勘了這兩種刻本的情辭起結，以及內容的變動情況，歸納如下：

第一，（二十卷本）竟徹頭徹尾把十卷本的情節與內容，都改寫過的，只有第一回的前半目之「景陽岡武松打虎」，易以「西門慶熱結十兄弟」。這一部分大家均已說到了。

第二，徹頭徹尾把十卷本的情節與內容，略有刪改，又重新改寫了的，只有第五十三、五十四兩回。這一部分，不曾有人說到。（十卷本五十三回「吳月娘承歡求子息（誤刻為「媳」），李瓶兒酧愿保兒童」，二十卷本則易為「潘金蓮驚散幽歡，吳月娘拜求子息」。五十四回「應伯爵郊園會諸友，任醫官豪家看病症」，二十卷本則易為「應伯爵隔花戲金釧，任醫官垂帳診瓶兒」。）

第三，僅僅刪去了結尾的情節，衹有第八十四回的「宋公明義釋清風寨」這一部分。大家也都說到了。

其他，如刪去頭尾的贅辭（跳出情節以外的閒話）以及證詩者，也有許多回，還有刪去十卷本中的詩詞、劇曲、小唱等情者，也有許多回。大都與情節無損，不礙本文立論，這裡都不列舉了。

衹有第五十六回的〈別頭巾文〉，二十卷本刪除了。卻有關本文立論，我們會特別論說這一問題。

總之，二十卷本的故事與情節，與十卷本頗有差異之處，勘來卻衹有首回及五十三、五十四兩回，再加上第五十六回的〈別頭巾文〉，本文需要推論，茲一一述之。

（第一回早已論之又論，此處不贅。）

4.專論第五十三回

(1)十卷本

按十卷本第五十三回所寫情節，計有①銜接上一回潘金蓮代李瓶兒看孩子，卻丟下孩子跑到山子洞去與陳經濟幽會，被猫兒諕著了，哭個不停，又打冷戰。吳月娘到李瓶兒房裡去探望官哥好些沒有？回房時經過照壁，竟聽見照壁後潘金蓮與孟玉樓說她巴結李瓶兒，沒有杰氣，自己沒的養，偏去強遭魂的呵卵脬。月娘聽了，氣得回房後偷偷兒悶聲哭泣。因而引發起吳月娘取出王姑子為她整治的妊子藥物出來，端祥又端祥，祈禱又祈禱，對天長歎說：「若吳氏明日壬子日，服了薛姑子藥便得種子，承繼西門香火，不使我做無祀的鬼，感謝皇天不盡了。」下面再話頭一轉，轉到上一回西門慶到劉太監莊上，赴黃主事的宴約。②由此一西門慶到劉太監莊上宴飲的話題，再銜接上昨日陳經濟與潘金蓮不曾在山子洞得手，再寫到今天他們得到了這個西門慶不在家的機會，於是到了黃昏時，又跑到捲棚後幽會去了。下面便寫到陳經濟第一次得手，二人都達到目的了。繼著寫西門慶由劉太監莊上回家，醉醺醺的跑入吳月娘房中，吳月娘為了明天纔是壬子日，藉詞不願留他。西門慶便轉到潘金蓮房中，雖寫了一段閨房之趣，卻也不忘與潘、陳的淫縱呼應上。跟著便是一夜過了，次日即是壬子日。寫月娘一早起身梳洗後的服藥情形，西門慶又來探望，疑心吳月娘昨晚生他的氣。於是應伯爵來，替李三、黃四借銀。完了這件事，又是安主事收到禮物後的謝帖，一一處理完後，已是掌燈時分。下面便寫西門慶到月娘房內宿了一晚，翌日早，潘金蓮見了西門慶還奚落一番。這一回的上半情節「吳月娘承歡求子息」，至此便結束了。再　轉便是這一回的下半情節「李瓶兒酧愿保兒童」。③自從吳月娘聽了潘金蓮背後說她巴結有孩子的李瓶兒，已兩日不去探望李瓶兒，李瓶兒就跑來說官哥日夜啼哭打冷戰不住。吳月娘就要李瓶兒自作擺布，早些料理好孩子。許許愿，敬敬神。於是「李瓶兒酧愿保兒童」的情節便開始了。先是請施灼龜來，折騰了半天，再請劉婆子來，說是諕著了，要收驚，又折騰了半天。再到城隍廟謝土，又折騰了一些時候。最後，又找了錢痰火來再折騰了半天。到了第二天，西門慶又冠帶起來，挑起猪羊到廟裡去謝神。因為應伯爵替李三、黃四借錢，得了中人錢，應允請客。遂前來邀請西門慶等弟兄們去聚一聚。引出下一回「應伯爵郊園會諸友」。

(2)二十卷本

按二十卷本第五十三回所寫情節，銜接上一回的事，只有一句：「話說陳敬濟與潘金蓮不曾得手，悵怏不題。」下面便寫西門慶赴黃、安二主事宴。他不在家，陳經濟與潘金蓮遂有這一幽會的空隙。情節同於十卷本，但乏十卷本的寫實生動。跟著寫西門慶由劉太監莊上回來，到月娘房中，月娘藉詞不留他，再到金蓮房，閨情同於十卷本，但不如十卷本寫的真實而生動。再下面便寫到吳月娘求子息的情節。雖也寫有黃安二主事的回拜（十卷本無回拜事，只是書童送來二位主事收到禮後的謝帖），應伯爵雖然來了，卻未寫替李三、黃四借款事。再下面寫到西門慶到月娘房中住了一夜。第二天，吳月娘還為西門慶備了羊羔美酒與補腎之物，吃了後再上衙門。衙門回來，到李瓶兒房裡去看官哥，談到還愿的事，叫代安去喊王姑子來，為官哥做些好事。應伯爵常時節來，這纔談到借銀子的事（只不過三言兩語，也未借給）。應伯爵請西門慶吃飯。王姑子到來，西門慶告訴王姑子找她來，要做些什麼事。一要酬報佛恩，二要消灾延壽。王姑子便告訴西門慶先拜（印）卷《藥師經》，再印造兩卷《陀羅經》。又附帶央及王姑子為李瓶兒在疏意裡邊帶一句，這一回，就這樣結束了。

5.專論第五十四回

(1)十卷本

這一回的情節，十卷本處理的極為簡單而扼要。除了一下筆寫了一句「西門慶在金蓮房裡起身」，下面便寫「應伯爵郊園會諸友」，一直寫到第十頁，書童趕來，報告「六娘身子不好的緊」，方始結束了這一上半的回目。再下面，便寫西門慶上馬回家，到了李瓶兒房裡，疼得至為苦楚。遂馬上著人去請任醫官，以下的四頁篇幅，所寫全是任醫官看病與取藥的情形。情節完全符合回目的「任醫官豪家看病症」。（這一回的情節雖不周折，內容則極為豐富。尤其是上半段的「園遊會」，更是情趣橫生。這一點，我們後面再論。）

(2)二十卷本

一開頭寫王姑子和李瓶兒、吳月娘商量起經的事。原教陳經濟來跟去禮拜禮拜。陳經濟知道明天西門慶要去門外花園吃酒，推說爹已留他店裡照管。吳月娘遂改派了書童。下面便寫西門慶吩咐了郊外飲酒的事。第二天一大早，便乘轎到觀音庵王姑子那裡做「起經」的事。回來，應伯爵等人已來邀請，便一同到城外一個內相花園去飲酒。也像十卷本一樣，寫大家一起吃酒行令聽歌說笑等玩樂情形。酒令、笑話，都與十卷本所寫不同。

祇有應伯爵戲弄妓女韓金釧撒尿濕了褲腰的情節相同。在此插寫了陳經濟與潘金蓮的約會未能成功，被小玉出來進去的那一趟給驚散了。於是下面便寫西門慶辭身回家，到李瓶兒房裡歇了。聽到李瓶兒向他訴說自從有了孩兒，身上一直不乾淨，如今飲食也不想，走動也閃肭了腿一般。於是，方始寫到請任醫官為李瓶兒看病這一情節上去。方始完成了這一回下半回目「任醫官垂帳診瓶兒」。

從兩種《金瓶梅》刻本的這兩回（五十三、五十四）內容來說，再以沈德符（《萬曆野獲編》）的這句「有陋儒補以入刻」的五回（五十三至五十七）作為口實，那麼，「有陋儒補以入刻」的刻本，應是二十卷本《新刻繡像批評金瓶梅》，可不是十卷本《新刻金瓶梅詞話》。蓋二十卷本的這兩回（五十三、五十四），比起十卷本來，這兩回的內容，在小說的藝術成分上，距離未免太大了。

6.綜論五十三回五十四回兩回

(1)先說第五十三回

論結構，從第一筆寫吳月娘等人混了一場，身子也有些不耐煩，逕進房去睡了。與上一回的情節銜接，一直在一折折周轉到結尾，寫到西門慶應允了應伯爵的邀請，到郊外一家花園去赴宴，引接了下一回「應伯爵郊園會諸友」。可以說無不折折周轉得嚴嚴實實，已到了風不透雨不漏的情景。本文沒有必要細說這些。就是對人物性行的塑造，現實情景的描繪，亦無不栩栩如生，景物如見。如寫吳月娘的慈母心腸：「醒時約有更次（一覺醒來約一更天光景），又差小玉去問李瓶兒，道：『官哥沒怪哭嗎？叫奶子抱得緊緊的，拍他睡好，不要又去惹他哭了。奶子也就在炕上，吃了晚飯，沒待下來又丟放他在那裡。』李瓶兒道：『你與我謝聲大娘！道：自進了房裡，只顧呱呱的哭，打冷戰不住。而今纔住得哭，磕伏在奶子身上睡了。額上有些熱剌剌的，奶子動也不得動。停會兒我也待換他起來吃夜飯淨手哩！』那小玉進房，回覆了月娘。」再寫吳月娘無意間聽到金蓮在背地裡說他未生養，竟去巴結有了孩子的李瓶兒。晚上，獨自悶坐房裡，說道：「我沒有兒子，受人這樣懊惱！我求天拜地，也要求一個來，羞那賊淫婦的臉。」於是，走到後房文櫃梳匣內，取出王姑子整治的頭胎衣胞來，又取出薛姑子送的藥看。……用韻文形容那妊子藥物在吳月娘心目中豔美，真是精采極了。這些，二十卷本全沒有。

吳月娘吞食妊子藥物，兩種刻本都有描寫。這裡，不妨錄來比較一下。請看：

> ……就到後房，開（匣）取出藥來叫小玉頓起酒來，也不用粥，先吃些乾糕餅食之類。就雙手捧藥，對天禱告。先把薛姑子一丸藥用酒化開，異香觸鼻，做三兩口服完了。後見王姑子製就頭胎衣胞，雖則是做成末子，然終覺有些注疑，有些焦剌剌的氣子，難吃下口。月娘自忖道：「不吃他，不得見效；待吃他，又只管

> 生疑。也罷，事到其間，做不得主了，只得免強吃下去罷。」先將符藥，一把罨在口內，急把酒來，大呷半碗，幾乎嘔將出來，眼都忍紅了。又連把酒過下去，喉舌間，只覺得有些膩格格的。又吃了幾口酒，就討溫茶來漱淨口，睡向床上去了。（十卷本）

> 然後箱內取出丸藥，放在桌上，又拜了四拜。禱告道：「我吳氏上靠皇天，下賴薛師父王師父這藥。仰祈保佑早生子嗣」。告畢，小玉盪的熱酒，傾在盞內。月娘接過酒盞，一手取藥調勻，西向跪倒。先將丸藥嚥下，又取末藥也服了。喉嚨內微覺有些腥氣。月娘迸著氣一口呷下，又拜了四拜。當日不出房，只在房內坐的。（二十卷本）

這兩下一對照，豈不是優劣立見？連解說都用不著了。這裡不好意思再去錄那一段色情描寫，有興趣的人，不妨將這兩種刻本，對照讀一遍，我認為也是優劣立見的。

(2)再說第五十四回

這一回的上半回目是「應伯爵郊園會諸友」，所以十卷本一下筆便寫「西門慶在金蓮房裡起身，就分付琴童玳安送猪蹄羊肉到應二爹家去。」這天，雖是應伯爵作東主，還是西門慶出人出東西，（佣人是西門家的，彈唱的也是西門慶的面子叫的，食物也是西門慶準備的，烘襯西門慶在幫會弟兄中的豪氣。）先寫弟兄們在應家聚會玩樂，人眾未到齊時，常時節與白來創二人下棋消遣，應伯爵要二人賭東道，於是一賭扇子一賭汗巾，應伯爵作明府。跟著謝希大吳典恩也到了，參加了棋賭，一下注常時節勝，一下注白來搶勝。寫二人下棋悔子，寫二人輸贏的風度表情，寫妓女們的調笑歌唱，寫弟兄們的笑談詼諧，讀來如身臨其境身在其中。（恰似我們就在他們大家夥身邊一一看到聽到似的。）寫西門慶之不得不離開那個歡快的場合，只不過這樣輕輕一筆：「正吃得熱鬧，只見書童搶進來，到西門慶身邊，附耳低言，道：『六娘身子不好的緊。快請爹回來，馬也備在門外接了。』西門慶聽的，連忙起身告辭。……」雖然應伯爵認為這種「耳報法極不好，便待喝住。」西門慶以實情告訴他。就謝了，上馬來。試看這種上下回目的情節轉折，夠多麼的自然。不僅此也，西門慶走後，還寫了應伯爵隔著籬笆眼用草戲弄韓金釧撒尿的淫趣。跟著寫大家笑了一番，即寫西門慶留下的琴童代應伯爵收拾家活，下舡進城，眾人謝了。然後再寫西門慶返家後的請醫官為李瓶兒看病的情節。

像這種處理小說情節演變的高明手法，真說得上是神理的筆墨。但到了二十卷本，這些地方，則呆滯死僵得無一絲生氣矣！

（這裡祇有一個缺點，寫二人下棋輸贏時，把東道物寫錯了。常時節的扇子，寫成白來搶的了。）

二十卷本的這一回，一下筆寫過請王姑子「起經」的事，便是按下不提，「且說西門慶和應伯爵常時節談笑多時，只見琴童來回話道：『唱的叫了吳銀兒，有病去不得，韓金釧兒答應了，明日早去。……』」先寫第二天「起經」，再寫應伯爵常時節來請。實則，用不著再來請的，頭一天已經說好了，何必再多此一舉。刪去了上午在應家的那場玩樂，便逕行到郊外劉太監園中。在園中的遊樂，雖也寫得是飲酒行令說笑聽唱，若與十卷本一比，情趣的濃淡厚薄，讀者準能感味到的。

應伯爵說的幾個笑話，也不是十卷本所有的。他竟一連講了兩個罵富人的笑話，頭一個以「賦」字諧「富」，罵富人有點「賊」形。又講了一個西狩獲麟，孔子夜哭不止，弟子怕老師哭壞了身體，便尋一個牯牛，滿身掛了銅錢哄他。孔子見了說：「這分明是有錢的牛，卻怎的做得麟！」光是這一點，也就證明了這位作者不配作小說家。像應伯爵這個幫閒而深受西門慶寵愛的人物，怎會說出這類罵西門慶的笑話。比起十卷本的那個「吃素」的笑話，乃是因為韓金釧吃素，方始引發應伯爵說出來的情節，又怎能兩相比擬呢？

(3)兩回內容牽涉到的兩種刻本上的問題

我們從上述這兩回的兩種刻本之情節不同情況來說，再來印證沈德符（《萬曆野獲編》）的那句「原本實少五十三回至五十七回，遍覓不得，有陋儒補以入刻」的話，雖不能全部印證上，但這五十三、五十四兩回的不同於十卷本，誠可以「陋儒補以入刻」之說論之而不必疑。

此一問題，最令我不解的就是沈德符（《萬曆野獲編》）的這句話（「有陋儒補以入刻的五回」），經過兩相比勘，確確實實有了其中兩回（五十三、五十四）是改寫過的，而且改寫的不如十卷本遠甚。但根據謝肇淛（《小草齋文集》）中的「為卷二十」這句話，堪以據而推論出沈德符手上的《金瓶梅》是二十卷本。那麼，沈德符（《萬曆野獲編》）文中的「陋儒補以入刻」者，會是這部二十卷本嗎？

今見的四種二十卷本《新刻繡像批評金瓶梅》，日本內閣文庫本與天理圖書館本，都是崇禎間刻本，有文中避崇禎帝名諱字為證（「由」字也避為「繇」）。而十卷本《新刻金瓶梅詞話》則未避崇禎或天啟二帝諱。再說，從刻本的字形、行款來看，十卷本也不像是刻在二十卷本之後的刻本。

那麼，此一問題的最合理解釋，應是十卷本刻於二十卷本之前。梓行的時間，當在泰昌、天啟間。因為遇上天啟詔修《三朝要典》，其中的政治諷諭，怕惹上麻煩，不敢發行，遂把刻本隱藏起來了。得到印本的人，也衹是參予改寫的這班人，自也隱而不言。所以明朝人沒有論及「欣欣子」與「蘭陵笑笑生」者。

7.沈德符（《萬曆野獲編》）的矛盾語言

關於沈德符（《萬曆野獲編》）說的「有陋儒補以入刻」的這五回，我們已經發現到二十卷本《新刻繡像批評金瓶梅》中的第五十三、五十四兩回，有「補以入刻」的情況。這麼一來，沈德符（《萬曆野獲編》）的話，與謝肇淛（《小草齋文集》）的話，便又產生了新發現的矛盾與衝突。

依據沈說，他手中的抄本來自袁氏兄弟，依據謝說，他手中的抄本，「於中郎（袁）得其十三，於丘諸城得其十五」，且說明「為卷二十」（乃二十卷本）。

在此先不說沈德符說他於萬曆三十七年間向袁小脩（中道）抄來的《金瓶梅》全本有所抵觸（袁氏兄弟僅有十其三），就是此一「有陋儒補以入刻」的五回之說，也因之產生了問題。

第一，如果沈德符手中的《金瓶梅》二十卷本，缺五十三至五十七這五回，他讀了刻本又怎能判斷出這五回是「陋儒補以入刻」的？他說的「無論膚淺鄙俚，時作吳語，即前後血脈亦絕不貫串，一見知其贋作矣！」這些情況，也不能在二十卷本的這五回中，印證得上。如從此一說詞來看，不惟這個二十卷本非沈氏這些話所指的那個刻本，十卷本更是對照不上。雖然十卷本的五十四與五十五回之間，有重疊不契之處，卻又怎能是「陋儒」之咎，陋儒也不會陋到上一回剛寫過任醫官看過病也拿過藥煎好吃了，跟著下一回再寫任醫官又來一次，又不是再來復診。（此一問題我早已說過。）認真說來，這「陋儒補以入刻」的這句話，雖能用到二十卷本的這兩回（五十三、五十四）之補寫頭上來，但沈德符（《萬曆野獲編》）寫了這句話的起因，似乎另有來由。所以難與沈說印證得上。

第二，如對照謝肇淛（《小草齋文集》）、袁小脩（《遊居柿錄》）的話，沈德符不可能有全本。如據李日華（《味水軒日記》）的話，沈德符手上確實有《金瓶梅》的全本。似乎不是從袁氏兄弟抄來。從何處抄來？沒有證據，但也是推想不易的呢！在此也祇有留疑了。

（屠隆與沈父沈自邪是同年進士。）

第三，從二十卷本的這兩回（五十三、五十四）所顯示的它之不同於十卷本的這兩回來看，尤足以證明《金瓶梅》在傳抄時代，就有兩種不同的底本，這部二十卷本缺第五十三、五十四兩回。至於沈德符（《萬曆野獲編》）說的「遍尋不得」的話，也可能有此原因。蓋二十卷本的這兩回，內容情節，確有與十卷本的這兩回不相一致之處。也足以說明在付刻時，這兩回不曾參閱過十卷本的這兩回，否則不會另行改寫。

第四，最難理解的一個問題，是我們可以從二十卷本的文辭上，見到它有延襲十卷本的刻本之誤刻情形，如前曾引述的第三十九回的「鈞」字誤刻為「鈞」。看來，這二十卷本之付刻，似是打從十卷本的刻本而來。難道，在二十卷本付刻時，連十卷本的刻本，也難睹其全乎？

第五，今已查出沈德符（《萬曆野獲編》）論及《金瓶梅》的這段話，其寫作的時間？

若以「丘旋出守去，此書不知落何所」的語意究之，則此文當寫於天啟七年或崇禎五年。因為丘志充在山西右布政使任內，因案於天啟七年下獄，崇禎五年棄帝。（前已述及。）如以此文之寫作時間來說，則凡所述及《金瓶梅》的傳抄與付刻的時間過程，可就大有問題了。

(A)沈說他於萬曆三十七年在京中向袁小脩抄得《金瓶梅》全稿，携回家鄉。可是袁小脩寫於萬曆四十二年八月的日記（《遊居柿錄》），只說他於萬曆二十五、六年間，「見此書之半」。謝肇淛寫於萬曆四十四年以後的《金瓶梅》跋上說，他也不曾讀到《金瓶梅》全本。悉可證明沈說是謊言。

(B)沈說「有陋儒補以入刻」的五回（五十三－五十七），經過比勘，不能與最早刻本《新刻金瓶梅詞話》（十卷本）印證上。雖能與《新刻繡像批評金瓶梅》（十卷本）的五十三、五十四兩回印證上，但二十卷本刻於崇禎年間，有避諱字為證。在時間上，不能與沈說之「未幾時而吳中懸之國門矣」的時間符契。

這樣看來，我們又怎能不認為沈氏（《萬曆野獲編》）的這一段話，幾乎字字語語都隱藏著暗示？就像這句：「原書實缺五十三回至五十七回，遍尋不得。有陋儒補以入刻」的話，想來，也是一句暗示。他暗示的可能就是他口中的那位「陋儒」吧？

8.有陋儒補以入刻的關鍵問題

我們如能撇開了沈德符（《萬曆野獲編》）這段話中的時間因素不論，只從語意與尋求暗示，那麼，沈說的這五回，除了五十三、五十四兩回的情節，不同於十卷本，才藝也遠遜於十卷本，其他尚有第五十六回中的〈別頭巾文〉。雖然這篇〈別頭巾文〉並不在二十卷本，它已刪去另換了一道〈黃鶯兒〉曲牌的詞，又何嘗不是沈德符（《萬曆野獲編》）的暗示！

他要暗示的，就是給我們端出一根去尋找《金瓶梅》作者的線索。那就是〈別頭巾文〉的作者其人也。

〈別頭巾文〉在十卷本（《金瓶梅詞話》）第五十六回，這篇文章還刻在《開卷一笑》與《繡谷春容》兩種消閒類書中。前面我們已引論過了。在此應該再予提出的，就是它在《開卷一笑》中，是一篇署有作者名字的文章，作者名叫「一衲道人」；乃屠隆的筆名，前面也已說到了。

「一衲道人」乃屠隆的別號，有他手寫的七言詩卷為證，誰也無法否認。問題是這篇〈別頭巾文〉是不是屠隆的作品呢？今雖未能見到確切的證據，但縱係偽託，也是一件可貴的證據。因為它直截了當的指出了《金瓶梅》原作者是屠隆。

〈別頭巾文〉既是屠隆的作品，已有《開卷一笑》為證，縱係別人偽託，這位偽託的人，亦必是屠隆以後的人。屠隆卒於萬曆三十三年（1605），便足以證明十卷本《新刻金瓶梅詞話》之成書，當在萬曆末年，這話，我在前面已經說過了。

也許這篇〈別頭巾文〉是別人偽託屠隆作的，但它之刻入十卷本《金瓶梅詞話》第五十六回，偏偏的沈德符（《萬曆野獲編》）又說這五十三至五十七等五回，是「陋儒補以入刻」，那麼，〈別頭巾文〉也包括在「陋儒補以入刻」的範圍之內。所以我認為沈德符（《萬曆野獲編》）文中的這個「陋儒」，或許只是在暗示那位「補以入刻」的偽纂者吧？

我認為袁宏道這一夥人，全知道《金瓶梅》的原作者是屠隆，他們在屠隆卒後，就計畫改寫《金瓶梅》，在改寫過程中，就有著兩種不同的改寫意見。那就是十卷本與二十卷本之別。

若以性行論，馮夢龍應是站在十卷本這一邊的人物。他在萬曆四十年（1612）到四十八年（1620）之間，曾三次往還麻城，且在麻城設館授舉子業。陳毓羆先生推想他與劉承禧有所往還。劉承禧之父劉守有是屠隆的恩人，劉家的《金瓶梅》全本，可能直接由屠隆而來。「吳中懸之國門」的那一部，應是這部十卷本（《金瓶梅詞話》），後來何以再刻二十卷本？可能十卷本的板已經燬了；不得不重行付梓。

沈德符（《萬曆野獲編》）的話，字字語語悉暗示也。我們如能字字從「暗示」上去推想這些問題，當可了解到許多問題的答案。其然乎！

億　《金瓶梅》的作者

有關乎《金瓶梅》一書的作者，早期的說法，多肯定為太倉王世貞（鳳洲）。自十卷本《新刻金瓶梅詞話》出現（民國21年，1932），吳晗、鄭振鐸等人讀後，提出了研究論文（吳著〈金瓶梅的著作時代及其社會背景〉，刊民國23年1月1日《文學季刊》創刊號，鄭著〈談金瓶梅詞話〉，刊民國22年7月《文學》1卷1期），遂否定了王世貞說。今雖仍有持此論者，終因證據薄弱，言而無力，強弩之末矣！

十年以還，研究《金瓶梅》者日孳，尤其比年以來，大陸方面之《金瓶梅》熱，真格是雲蒸霞煨，如鼎油沸騰，提出該書作者之新說者，叢出不窮。而其中甚囂塵上，且有千士之諾諾者，當推徐朔方先生之「李開先寫定說」（原說是李開先作，後再修訂為李開先寫定說）。余則認為此說欠缺歷史憑證，且與當時嘉、隆、萬三朝之社會現實，有所抵觸；「此等書必遂有人板行，一刻則家傳戶到」也。然有黃霖先生提出之「屠隆說」。經反覆演繹，竊以為黃氏此說，良能尋出歷史憑證為之立說，是以我支持此說。其他，固有人加以統計，立說該書之作者，排名已踰二十數。推究起來，悉無足論者，本文概不費辭。

一、一衲道人與〈別頭巾文〉

黃霖先生之作者屠隆說的主要證據，乃〈別頭巾文〉（在十卷本）。

按十卷本《金瓶梅詞話》第五十六回中的〈別頭巾文〉（及詩），乃一衲道人屠隆作，有《開卷一笑》這部出版於萬曆末天啟初的類書為證。而且，我在前章已經提出比勘的證言，可以肯定《開卷一笑》中的〈別頭巾文〉乃原文，《金瓶梅詞話》中的〈別頭巾文〉乃改寫文；為使之適合《金瓶梅詞話》的歷史背景來改寫的。這一點，應是不爭之論。

「一衲道人」乃屠隆的別號之一，有屠隆手書的《七言詩卷》（附印件於文後）為證；自署「一衲道人屠隆」。這一點，更是不爭之實。

問題只有以下二點：

(一)這篇〈別頭巾文〉確是屠隆的作品嗎

此一問題的關鍵，在《開卷一笑》這部書編者身上。可是，《開卷一笑》的編者，則是「卓吾居士李贄編集」，「一衲道人屠隆參閱」，這兩人都有正確的去世年月，李贄（卓吾）卒於萬曆三十年（1602）三月，屠隆卒於萬曆三十三年（1605）八月。在《開卷一笑》卷九，有一篇〈太倉偷兒〉，文中有「萬曆中」三字，而且，「一衲道人屠隆參閱」之「參閱」二字，應為「校閱」，為避天啟帝諱，避「校」字改為「參」字。則足以證明《開卷一笑》之出版，當在天啟間。這樣看來，可證《開卷一笑》的編者與閱者，都有後人偽託之嫌。

不過，若說編集在前，付梓在後，也有可能。但從明朝出版的情況來說，《開卷一笑》這部的編者之署為李贄（卓吾），校閱者之署名屠隆（一衲道人），顯然是偽託的。

如肯定《開卷一笑》的編者李卓吾與校者一衲道人屠隆，全是後人偽託，則書中（卷五）的這篇〈別頭巾文〉，是否也是偽託的呢？

在《開卷一笑》中，除了刻上「一衲道人屠隆參閱」的字樣，還有「一衲道人」的〈一笑引〉及〈例〉言兩篇，文中除〈別頭巾文〉之外，尚有〈醒迷論〉、〈勵世篇〉、〈秋蟬吟〉三篇。至今，尚無人在屠氏其他文件中，尋得證據，證明這四篇文章，全是屠隆所作。若說全是「偽託」，在無實證之前，誰也無法說個「不」字。

這樣說來，我們自不能肯定的說，〈別頭巾文〉是屠隆的作品。但也沒有證據否定不是屠隆的作品。說它是屠隆的游戲之作，也不是沒有可能。

(二)假如〈別頭巾文〉是偽託屠隆作的呢

好了，我們就認定這篇〈別頭巾文〉是偽託屠隆作的。此一偽託者，可以肯定的對象，便是《開卷一笑》的出版者。

那麼，《開卷一笑》的出版者是誰呢？

我們今天見到的《開卷一笑》的刻本，全未刻上出版者的處所及名稱。無從知悉是何處何人梓行。但我們卻能從該書的幾篇敘文中，尋得一些蛛絲馬跡，來求證這位編者是誰？

1.真與假之論

> 將認為真乎？假乎？真假各半乎？余思纏難解。第不施線索之木偶耳！（《開卷一笑》李卓吾敘文）碗大一片赤懸神州，縱生塞滿，原屬假合。若復件件認真，爭競何已？（《古今譚概·痴絕部》敘）人但知天下事認真不得，而不知人心風俗，皆以太認真而至大壞。……則又安見乎認真之必是，而取笑之必非乎？非謂認真不如取笑也，古今來原無真可認也。……（《古今笑》自敘）

試觀古錄三則真假之論，其人生觀豈不是如出一人？託李卓吾敘於《開卷一笑》的真假之論，認為人生只是一個「不施線索」的「木偶」；換言之，人生本假，固無真假可認也。這與《古今譚概》敘中的「赤懸神州，縱生塞滿，原屬假合」的看法，毫無二致。

所以馮夢龍在《古今笑》自敘中說：「天下事認真不得，而『人心風俗』，都因為『太認真』而至大壞。」豈非勸人不要認真，凡事當作笑談可矣。他認為「古今來原無真可認也。」這番話，也與卓吾子敘《開卷一笑》的人生觀一樣。

2.談言微中

> 太史公曰：「談言微中。」又曰：「道在稊稗矣！」（《開卷一笑》屠隆〈一笑引〉）
>
> 老氏云：「談言微中，可以解紛。」（《譚概》梅之熉敘）
>
> 談言微中，足以解紛。（《智囊補》之語智部總敘）

在馮氏編纂的文集中，有三次（只限於我見到的）引用到太史公司馬遷的這句話，亦足證這是馮夢龍行文的習慣，這話是馮氏常用的。（梅之熉雖實有其人，則序文可能出馮氏手。）

按此語乃司馬遷寫於〈滑稽列傳〉，句云：「天網恢恢，豈不大哉！談言微中，亦可以解紛。」馬遷此語，意在說明「滑稽」也是治道。曾國藩曰：「言不特於六藝有益於治世，即滑稽之談言微中，亦有裨於治道也。」此一敘引之引述太史公此語，亦在說明笑話也有談言微中的時候，於是，「笑話」也是治道了。

（下云：「道在稊稗」，則非馬遷語，老氏語矣！）

從上述連番引用太史公這句「談言微中」的話來看，自亦益足以證明《開卷一笑》，也是馮夢龍編的書。

3.金陵游客

在馮夢龍編寫的《魏忠賢小說斥奸書》之〈凡例〉第四條，寫有這麼一段話：

> 是書得自金陵游客，其自號曰：「草莽臣」，不愿以姓氏見知。曾憶昔年有〈頭巾賦〉、〈三正錄〉，秀才有上御史之書，御史有拜秀才之牘，金陵固異士藪也。……

從這段話中，我們知道這位「金陵游客」自號「草莽臣」。而「草莽臣」乃馮夢龍的筆名之一。早有近代之史學家謝國楨先生著《增訂晚明史籍考》卷二十四著錄中，按語到「草莽臣」乃出於《晉書》之〈皇甫謐傳〉，馮夢龍曾取以自號，認為該「草莽臣」即馮夢龍（見《馮夢龍詩文集》福建海峽文藝出版社 1985 年出版）。那麼，「金陵游客」自亦是馮夢龍的筆名，應無疑問。

按《開卷一笑》卷二，有一篇〈娼妓述〉，下署作者名字是「金陵游客」。想必這位「金陵游客」就是馮夢龍。基乎此，也足以想知馮夢龍可能與《開卷一笑》不能沒有關係。馮夢龍在萬曆末到崇禎初，一直在經營出版事業。直到崇禎三年入貢，選任了丹徒訓導，方始步上仕途；又作了一任壽甯縣令。所以我們可以因而推想《開卷一笑》乃馮氏編集，偽託李卓吾與屠赤水者。

何況，馮夢龍最愛編笑譚的書，如《古今譚概》（《古今笑》）、《笑府》（《廣笑府》），等等，都是馮氏認為一笑可以忘憂，可以解紛，且認為大家都笑，可使天下無事於億萬世。想來，《開卷一笑》又怎的不是馮夢龍編集者也。

（見拙作〈《開卷一笑》的編者〉，收在《小說金瓶梅》第 18 篇頁 231-239。）

推想《開卷一笑》是馮夢龍編，雖不是證據確鑿，卻也堪以憑之認定。那麼，此一〈別頭巾文〉，縱係偽託屠隆所作，此一偽託者，亦是馮夢龍的成分最大。

我在前章討論到《金瓶梅》的刻本及成書年代時，業已說明兩種《金瓶梅》刻本，都是改寫本，並非「初期」傳抄時代的《金瓶梅》原本。這兩種刻本（十卷本與二十卷本）的改寫過程，都在萬曆三十三年之後。自可基而推想馮夢龍必是參予改寫《金瓶梅》的作者之一。至於馮夢龍何以要偽託屠隆是〈別頭巾文〉的作者呢？顯然的，乃有所暗示也。

馮夢龍要「暗示」的，就是指出屠隆乃《金瓶梅》的原作者。

我在前面說了，也許〈別頭巾文〉是屠氏的游戲之作。但無論是否是屠隆的作品，或馮夢龍等人所偽託，這篇〈別頭巾文〉都是暗示《金瓶梅》是屠隆作的直接而有力的證據。

二、屠隆可能寫作《金瓶梅》的動機

凡是有血有肉的作品，無不一如母親妊兒一樣，首賴父親的種子，方能與母卵結合而形成生命。

基此來看《金瓶梅》一書之形成，可以明顯的蠡知此書的雄性種子，來自那個現實社會，（中晚明的那個現實社會便是形成《金瓶梅》一書的雄性種子）這位孕育了這部偉大說部的母親（作家），處身於那個現實社會，血液中流程了一些什麼樣的社會因子，使他感生了這部空前而曠世的傑作——《金瓶梅》？方是我們討論作者問題，首先應去探討的一個重要關鍵。

基是而論，則屠隆是《金瓶梅》一書的作者，確比傳說中的任何一位，有其可能。因為屠隆具有寫作《金瓶梅》這部小說的動機。

關於此一問題，我寫有〈論屠隆罷官及其雕蟲罪尤〉（屠隆可能寫作《金瓶梅》的動機）一文，初刊於民國 74 年（1985）3 月 3 日至 9 日《台灣新聞報》，附錄在拙作《金瓶梅原貌探索》第 2 篇頁 209-240。竊以為有關論及屠隆可能寫作《金瓶梅》的動機，我已在這篇論述中，把主要的因子都一一說到了。在此，再另作扼要敘述。

(一)屠隆的罷官

萬曆五年（1577）丁丑科，屠隆中進士第；年已三十五歲。屠隆弱冠為諸生，困頓名場已十五年矣！

及第之後，選任（安徽）穎上令，當年十一月二十六日到職，翌年十一月改調（浙江）青浦令，十二月抵青浦就職。萬曆十年十月上計，改調禮部儀制司主事。十一年八月就禮部職。

在京識世襲西寧侯宋世恩，新從秣陵（南京）「解府印還燕。」欲脫去貂蟬氣習，以辭賦享名。遂託人向屠隆示意，願就講千秋業，執弟子禮。屠雖力謝，卻固請以兄禮事。於是，遂訂交焉！

十二年（1584）的九月某日，西寧侯在家置酒張戲，大會賓客，有詞人、縉紳，也有布衣，不下十數人；屠隆也在其中。席間，宋世恩不時向人抵掌言談，說是屠先生肯與他宋生作通家好。異日當偕「家弟婦」去拜屠先生的太夫人嫂夫人於堂下（屠說，此事並未施行）。此一宴會，被屠的仇人時任刑部主事俞顯卿偵知，遂藉故上疏糾劾屠隆與西寧侯宋世恩淫縱諸狀，以報私怨（參閱《白榆集》卷十一書六，〈與張大司馬肖甫〉及〈寄王元美、元馭兩先生〉）。

疏上，於十月二十二日（甲子）「上以（俞）顯卿出位瀆奏，並屠隆、宋世恩等，該科其參看以聞。」發交刑科查報。可是，第三天（丙寅）皇上的處分令就下來了。「上削（屠）隆、（俞）顯卿籍；奪（宋）世恩祿米半年。」此一處分，神宗實錄且說：「禮部主事屠隆，上疏自辯並參俞顯卿；西寧侯宋世恩亦上疏自辯。於是吏科給事中齊世臣交參之。」皇上前日的諭命，尚未查報，竟然依據吏科給事中齊世臣的交參本章，就處分下來了。此一情事，若非皇上直接下的諭命，似不致這樣快捷。

那麼，何以皇上會如此不問青紅皂白的把原被告，一律撤職了事？

據屠隆寫給張大司馬肖甫（巍）的函中說：「主上令廉訪其事，廉訪而了無實狀，乃坐某人（俞顯卿）挾仇誣陷，而坐某以詩酒放曠，兩議罷了」此言「廉訪」事，似乎不是指的吏科給事中齊世臣的交參本章。此事發生在九月間（未能查知何日），縱以上旬論，抵十月二十四日，也不過一月又半，此案便處分結束。若未夾有皇上的好惡情緒，安得如此快捷？

屠隆函中說他與俞顯卿的罷官罪狀，俞是「挾仇誣告」，他是「詩酒放曠」；卻又兼及「青浦（令）之政」。因而屠隆冤呼說：「上所置問疏中，污衊事爾，業廉無之，伊人之傾險。何辭而乃求他細過，令與險者同罪邪？又及青浦之政，青浦之政應罪邪？又今日是問青浦之政時邪？」

關於此事，誠可以「欲加之罪，何患無辭」一語論之。在帝制時代，像這類事，皇帝說了，只要不涉大政，臣下不會有人為之抗旨的。要不然，那就得你有背景；所謂「朝中有人好作官」。否則，只有徒喚負負。按俞顯卿之被罷官，十月二十二日的「實錄」已經記了，辭乃「出位瀆奏」。一位主事職務的官員，竟上疏參劾他部的主事，自是越位的行為。若是為了國家大政，當有可郁之情，竟是挾嫌私仇，處以「出位瀆奏」而罷之，尚有辭理。處屠隆以「詩酒放曠」而罷之，雖有辭理，卻所涉非其人，因而西寧侯宋世恩也罰祿米半年。

但何以又為之再加了一道罪名？說屠隆的「詩酒放曠」曾曠廢了他青浦令的行政。遂使屠隆更加不平。他做了兩任縣令，且已上計升遷。真格是「青浦之政應罷邪？」屠氏且說他的罷官事，亦曾引起都人不平，說：「當口語陡興，舉國駭愕，縉紳臺省諸公，傾都而來，視不肖扼腕慷慨，義形於色者，何止萬口？雖武夫宿衛，閭巷小人，洶洶諭諭，無不為不肖冤。」又說：「陛辭之日，交戟外環而觀者，倏如堵城。貂璫緹騎，盡傷不肖無妄，交口而罵伊人，以膚眾共擊之，梃下如雨，公憤如此。而一夫持論，萬口爭之不能得，斯其故不可知已？豈非數哉！」（與王元美、元馭兩先生）此處所書之情，若非出乎小說家的誇張筆墨，都下人等，特別是「貂璫緹騎」，居然有這等為屠隆報不平的憤滿情緒，似已出乎常態。像這句：「而一夫持論，萬人爭之不能得」，怎能安到這麼一位中進士第甫一年而官僅刑部主事俞顯卿頭上呢？讀至此，反覆思索，不得其解？也只好引用屠隆的話：「斯其故，不可知已？豈非數哉！」

顯然的，屠隆寫給王元美、王元馭兩先生函中的這番話，實有誇大之辭。但何以要這麼誇大其辭？或有隱情在焉！如「一夫持論，萬口爭之不能得」，捨皇帝而外，難作第二人想也。

還有一封寫給張質卿侍御的信，說：「……不肖某橫被仇人中傷，實為無罪污名業，蒙當事湔白，乃坐以酒過。嗟嗟！坐酒過者應與傾險者同議邪？凶德宵人，無故而發難巇士大夫，巇之而其事實，即以其罪罪之，巇之而其事不實，則別求他細過，此何故哉？萬耳萬目，寧可盡塗？此其人必不可取，一旦以仇人不實惡口，必逐之而快乎？」益發感於屠隆心目中，有一位「必逐之而快」的人物在焉。凡能「別求他細過」、「必逐之而快」的人物，除了天子之外，便只有輔臣了。

按萬曆十二年十月間的內閣大臣，有余有丁、申時行、許國等。時余有丁在病中，當年十一月己丑（七日），余有丁便過世了。屠氏罷官於十一月間，離京不久，王錫爵與王家屏（十二月間）便入閣了。看來，屠隆筆下的這位「必逐之而快」的人物，似仍以萬曆爺為是。因為他一再疑問：「斯其故，不可知已？」如果是輔臣從中下的暗箭，「斯其故」，則不可能「不可知」？衹有天子之「必逐之而快」的因由，不可能獲知。縱能獲知，也不敢直說。這是事理。

萬曆爺何以討厭這麼一位小臣，主事之職，六品、七品已耳，主事之位在六部中，約等於今處長級，上有郎中、侍郎以及尚書。品不高位亦不尊，「放曠詩酒」，亦非大罪，到不了罷官。衹有皇上好惡可以隨時決定臣子的去留。這一點，屠隆當然瞭解。所以他一再寃呼，認為這是「必逐之而快」；是何原因引起？他百思不得其解。想來，但卻不能不有所蠡知。可能知而不能明言耳！

明萬曆爺（朱翊鈞）十歲登基，十六歲大婚。三年後某日（萬曆九年十二月間），在慈寧宮隨喜，偶幸王氏官女，竟有孕。王氏長於帝數齡，像這類偶幸於皇帝的宮女，應是宮中常事，生了孩子，未被皇家承認，也是常事。偏偏的朱翊鈞婚後三年，僅育一女，皇太后抱孫心切，知有宮女懷孕了皇家骨肉，竟當面向兒子查問此事。兒子不承認，還查證了起居注，偪得皇帝不承認也不成。遂向兒子說：「我老了！若是育下一男，豈不是有了承繼大統的國本。母以子貴，應加封這位懷孕的宮女了。」就是這樣，強迫朱翊鈞承認了這個孩子。果然，生下來的是位男孩，就是後來承繼了大統的朱常洛，坐了整整一月皇帝的「泰昌」。

可以說，如不是皇太后抱孫心切，這位王氏宮女生下的這個孩子，不是處死，也會交給太監抱出宮外扔了的。話再說回來，朱常洛雖做了萬曆皇帝的皇太子，又繼承了帝位。但在朱常洛三十八年的生命歲月中，堪以「坎坷一生」喻之（參閱拙作〈一月皇帝的悲劇〉一文，《金瓶梅的問世與演變》附錄三）。

泰昌皇帝朱常洛的悲劇，從他在母體中開始孕育時，就開始在演出了。一直到他死後還未落幕；他的兒子朱由校還在繼承他的悲劇因子呢！

（如「移宮」案有《三朝要典》及《明朝三案》可以參閱。）

當我們蠡知了朱常洛的悲劇起因，就會瞭解到朱常洛於萬曆十年八月十一日（丙寅）出生後，即不曾討得生父的歡心（她母親懷他時皇帝老子便不想承認他）。譬如萬曆爺的長女於萬曆九年十二月初四日出生後，皇帝第一次視朝即具吉服告奉先殿，且御皇極門接受百官致詞稱賀，賜三輔臣及講官等花幣有差。迨皇長子於萬曆十年八月十一日未時生，翌日晨皇帝御經筵，則未作任何表示。該日曾諭內閣持示取太倉銀二十萬兩光祿寺銀十萬兩充賞（生長女時，亦命太倉、光祿各進銀十萬兩充賞）。到了第三天，方依禮遣成國公等人祭告郊廟社稷。皇帝則御皇極殿羣臣稱賀（應由皇帝親去告廟）。萬曆十四年正月初五日（庚子）皇三子生，第二天（辛丑）即以皇三子生告奉先殿，遣駙馬侯拱宸行禮。像上錄這些記於實錄的史實，亦足可窺知萬曆皇帝是多麼不喜歡他這個兒了。長女出生時，「具吉服告奉先殿」，皇三子出生，第二天他就去「告奉先殿」。這位身為長子且依禮法應是承祧皇嗣的儲君，卻未去「告奉先殿」上稟於祖先，僅僅遣成國公等人代為祭告郊廟社稷，實乃不得已而詔告萬民者，而內心則似未視之為皇儲也。

若是情旨，外人如何能體會到皇帝老爺的心態，臣子憑其一腔忠忱，寫了幾篇賀辭，實乃人情之常。像屠隆的這四篇為了皇長子的誕生，擬作的賀辭，在心態上，一出於文人的本性熱誠，二出於乞懽皇上的青睞而已，怎能想到所賀者卻非皇上所喜呢。

按說，像屠隆這麼一位七品縣令，擬以封疆之吏，掬呈心臆忠忱，原不能觸及天子之愛憎，然如一旦涉及專案事件，則事事都會蛛聯進去。那麼，當屠隆被參，已又上疏自辯。這麼一來，屠隆的這四篇賀辭，可能會錄入考量。考量之筆，是美是刺，都不緊要。但如一旦被皇帝獲悉，像〈賀皇子誕生〉賀辭中的「臣近接邸報，恭遇萬曆十年八月十一日未時，皇第一子誕生。臣恭逢大慶，不勝欣躍。竊惟華渚流虹，大地發祥千帝曆；瑤光貫月，高天呈彩千皇圖。麟趾振振，德徵仁厚，螽斯蟄蟄，慶洽陽和。雲仍繼美，衍國家有道之長；千億宏開，實宗社無疆之福。」都是萬曆爺最不樂於聽的。總之，當萬曆爺不喜此子出生，偏有臣子多事，逾乎本分的大寫文章為賀。再加上又有人參劾這人詩酒放曠，自難免一時厭煩，下諭罷免。想來，屠隆的罷官底因，捨乎此一糾葛，其他自難再尋得更合理的解釋。

另外，我們還可以附錄一件歷史作為屠隆此一罷官事件的旁證。那就是萬曆十月二月，原任吏科給事中的張世則，訐奏吏部尚書王國光鬻官瀆貨，贓職狼籍，乞行罷斥。王國光疏辯，謂張世則以外轉而挾私論臣，且所指臣匪賄賈各儒等人俱在可質。於是上諭留國光而怒世則挾誣。原任降一級調外任。若以此一案例來類比屠隆的罷官案，真可以說是輕重難以等量。蓋屠隆的罷官，實乃出於皇上之好惡也，至於發表的罷官理由，全是內閣為皇上尋來的，欲加之罪，不能無辭也。自難怪屠隆一再冤呼：「斯其故，不可知已！」

(二)看屠隆罷官後的回響

若以常理來說，屠隆的罷官，雖有冤屈而又言不正理不順，不平者在當時，也只能鬧嚷一陣，三五個月過後，也就自然的煙消而雲散。反正罷了官的人已易服為民，還有什麼可以繼續鬧嚷下去的因由呢，可是，屠隆罷官五年之後，還有人為屠隆的罷官，繼續鳴不平，而且慫恿屠隆去倣效司馬遷報任安書，李陵與蘇武書，把心中的冤抑筆之於書，以昭萬世之不朽。試想，這樣的回響，可就不是俞顯卿的挾仇誣陷的單純問題了。顯然的，與當朝天子有關矣！否則，如何能扯到司馬遷之報任安書與李陵之與蘇武書呢！

我們看《栖真館集》中的這封信。

答王胤昌太史（年籍待考）

……放廢以來，五易裘褐，無一字抵長安故人。非欲引抗自高，誠穆穆憒憒，念不及此。趙奉常歸，以足下手書見遺。絫絫百千言，掩抑沈頓，情寄深遐。向無

> 生平，何遽有此？猶憶曩出國門，祖帳如雲，傾都扼擘。逮反初服，遂絕寒暄。今數千里題楲申章，相念乃屬胤昌足下，陳義一何高乎！書辭謂僕蒙詬受誣，抱此慎懣，宜如子長之報任少卿，李陵之與蘇屬國，刳腹腸於紙上，寫涕淚於毫端。黃河澎湃，五岳隱起，磊塊心跡，千載猶新。使胤昌讀之，無雲無震，不寒而栗，風蕭蕭從易水來，詎不雄豪颯爽快人哉！感足下相念之雅，誠欲衡冠投袂，作憤激不平之譚，則學道降心之謂何？欲塞充杜機，遵老氏沈嘿之旨，則又胡以仰副知己於萬一！……往者，彼夫以仇故，損摭中傷，非復人理。維時當予洞矚誣罔，顯絀其人，羣情憤然，咸持公議。道民仰天一笑而掛冠，脫我今日之紅塵，還我舊時之白雲；行逕松關，不減蘭省，鹿驂鶴賀，安事馬蹄；猘犬猶狺，冥鴻已遠，顧何用渡制？呶呶則為知己耳！（節錄）

我們看，屠隆罷官，時去五年，一位職司於翰林院的官員，與屠隆又向無生平往還，居然寫信給屠隆，作憤憤不平之語，盼屠隆效司馬遷之報任安書，李陵之與蘇武書，「刳腹腸於紙上，寫涕淚於毫端，」真是「何遽有此？」這封信，豈不是極為明顯的道出了屠隆的罷官底因，非為俞某的仇口，乃當朝天子之挾私恨而冤臣民也。司馬遷的報任安書，李陵的與蘇武書，都是苦訴定罪受辱之冤，雖未直指天子之私心剛愎，但字裡行間，實乃向天子懟怨且鳴不平。這位王胤昌太史，書盼屠隆倣效司馬遷等作書懟怨，自然是他們業已獲知屠隆被罷官的真正原因。他們在翰林院服務，執掌大內文書，想是洞見了內情。所以雖已事過五年有奇，仍有激起他們不平的理由，方始憤起內心不平，遂函知屠隆冀其一效司馬遷李陵等。

那麼，激起王胤昌他們憤起內心不平的理由，是什麼呢？如從史實看，當是基於萬曆爺的宮闈事件。這時，屠隆罷官已五年，自可肯定王太史的這封信，寫於萬曆十七年（1589）間，這時，萬曆爺寵鄭貴妃有廢長立幼的心意，業已昭明到臣民盡知，沸騰天下。疏請冊立東官而觸怒龍顏，梃杖謫官者，已有多件。試想，王胤昌寫給屠隆的這封信，竟慫恿屠氏把「蒙詬受誣」的「憤懣」，「宜如子長之報少卿書，李陵之報蘇屬國。刳腹腸於紙上，寫涕泪於毫端。」若不是認為屠隆的罷官，涉及了皇長子的諸位事件，只是因為了屠隆之罷官於「放曠詩酒」與曠廢青浦之政的「廉訪了無實狀」，怎會來慫恿一位並不相識的已罷官吏，去倣效司馬遷之報任安書來「刳腹腸於紙上，寫涕泪於毫端」呢。祇有涉入了皇長子的立儲事件，方能挑撥起臣子們的這份忠於傳統禮法的熱誠。這是情理，深盼反對此一說法的賢智之士，其三思之焉！

再說，屠隆之觸怒於龍顏，除了這四篇〈賀皇子誕生〉的擬作，正好碰上了皇上所不喜，其他全是雞毛蒜皮而風花雪月，焉能上達於聖聽？想是〈賀皇子誕生〉的賀辭引起，其他，屠隆這人官卑職微，且又一身書生氣，何從來有惱及天子的行為？

另外，在《栖真館集》卷十七，還有一封〈與蕭以占太史〉（名良有，萬曆八年榜眼，湖北漢陽人）的信：

> 往歲不佞被誣詠以出也，所為衡冠益擘者，殆通都矣。獨足下陳義更高，燈影幢幢，朔風漠漠，唾壺欲裂，雄劒自吼。拘于官局，恨不提章伏闕，一申子長之墳，吐霍諝之忠。贈言解衰，意氣千古。夫子蘭讁屈，登徒毀宋，自昔而然。第出詬夫之口，即事之所恆有，其究卒空理之所必無，後將何據？而當時雖舉國不平，公論沸起，獨道民若聾若瘖，都無片語。友朋有瞋目戟首相向者，僕但以醇酒關其口，竟長嘯以出國門。人以為達，不知理固應爾。丈夫於此時應揮手去，呶呶何為！今久而其事定，須大有分明，千秋萬歲後，詎遂謂曾參殺人也。責僚王胤昌，生平未識僕面孔，題書相問，娓娓欲得僕憤懣之言為報也。若李陵之於蘇屬國，司馬遷之於任少卿，近世唐伯虎之於文待詔。感彼風霜，懸諸日月，而不知道民樂道者，與三子調不同。傾感其意，作萬言答之。乃不能得僕憤懣之言而得儈慘閒曠之語。足下試歸而取觀之，亦足以明僕之近抱矣！

我想，這時的屠隆，想已澈底明瞭了他罷官的主要原因。而他，又怎敢直說而無隱呢！所以他拒絕了朋友的建議，雖字裡行間，隻字未涉「仇口」其他，然「李陵之於蘇屬國，司馬遷之於任少卿」，意已涵泳之矣！

我們雖沒有讀到王、蕭兩位太史的信，僅從屠隆的覆信上，也能了解到這兩人的心意，顯然的，乃由於他們獲知了屠隆罷官之冤的底因。斯時，又正是臣子們紛紛疏請皇上冊立東宮，僵持得君臣不能和諧的時機。此二人感於屠隆乃此一宮闈事件的第一位受殃者，遂有期於屠隆效法司馬遷報任安書，「刳腹腸於紙上，寫涕淚於毫端，」可垂不朽。是以屠隆美此二人的「陳義高」。如屠隆之美蕭太史〈陳義更高〉說：「灯影幢幢，朔風漠漠，唾噎欲裂，雄翎自吼。」似是指的蕭太史信上說的近年來宮闈事件之隱隱約約的情形。

這時的屠隆，雖已是鄉野草民，儒家門徒，又怎能不憂其君？罷官後這幾年來的冊封貴妃與立儲事件，廷杖讁官者，有其同年。他蒙冤罷官的底因，自然明白了，不再是「斯其故，不可知已」的疑問，應是業已證驗了他「雕蟲一技」惹出來的罪尤之時。像屠隆這樣的有智慧有思想而又有遠見的哲人，怎會在這一點去倣效司馬遷之報任安書，來期乎己之名垂後世呢！所以，屠隆一一委婉答謝了他們。仔細想想這個問題，屠隆誠哲人也。

(三)屠隆罷官後的不平之鳴

在科舉時代，奔競科場幾是當時文人的求學目標，是以往還科場而皓首不息。歸有光先生中進士時，已六十歲矣。因為科舉時代的仕途，由舉人而進士，是一條最便捷的道路，中了進士，便是「禹門三級浪，平地一聲雷。」頭戴烏紗足登朝靴的官職，就要得到了。試想，科舉時代的進士及第，該是當時文人多麼需求的一件事。那麼進士得了官，居然無罪被罷，被罷的文士，該是怎樣的心情呢！將心比心，我們任誰都是可以推想而知的吧！

我們在前面說到了，屠隆的罷官，是無辜的，所以他在罷官後，寫給友朋與親長的書信，充滿了冤歎的呼號。一再說：「嗟呼！上所置問疏中，污衊事爾，廉訪既無端倪，則伊人誣陷之罪偏重，何辭乃別求細過，又追論疏外前愆，文致附會，而令被誣之人與仇誣者同罷邪？又及青浦之政，青浦之政應罷邪？又今日是問青浦之政時邪？……而一夫持論，萬口爭之不能得。斯其故，不可知已？」這自是屠隆的不平之鳴。在他罷官後的一年間，這種不平的冤呼，不時在他寫給親友的書信中出現。這些書信，都在《白榆集》中，不必引錄了。

屠隆雖也一再向朋友說，他丟了官等於擺脫了塵網，對於「雞肋浮華，覷破已久；風塵馬蹄，良所厭苦」，終是自解之詞。息心修道之說，實亦殷中軍之咄咄書空耳。

到了萬曆十六、七年間（罷官後五、六年），由於皇上寵愛大興鄭氏妃，遲不立儲君，臣民連章疏請，不是不報，報亦怒責。這時，皇上的廢長立幼心態，業已明朗，天下盡瞭。當然，屠隆的罷官底因，他自然了悟乃咎由何起？雖累於「雕蟲」之辭，仍不時可在他寫給親友的書信中出現（參閱《栖真館集》），但已不再有不平的冤呼之辭。連王、蕭兩位太史的憤情激發，也盪不起一絲漣漪，真可說是修道人已得道矣！（屠隆自語）

當真，屠隆的這一不平之冤，良如他自己所說：「僕寥廓之夫，萬事擺落。此自得之天性，非關學道。偶遭此風波，視之若浮雲幻泡，莫不與丹元君事。一官雞肋，豈千秋長住之物乎？為恩為仇，亦是妄緣。今屏居泬寥，掩關習嬾，二六時中，著衣吃飯，都不復記憶身嘗有官從何處來，卻從何處去？伊人雖嘗貝錦，亦久忘之。即胸懷偶及，亦絕不作瞋恚想此，詎便謂已到三摩地哉！」（《白榆集》卷十一〈答沈肩吾少宰〉）此一問題，在《栖真館集》卷十九〈奉楊太宰書〉（吏部尚書楊巍字伯謙，海豐人，嘉靖二十六年進士）中，卻懇切說出了。說：

> ……彼夫以疇昔私憾謠諑損摭，一旦以至不肖之名加於隆，隆不能受，亦不能怒。夫裂眦濺血，髮上指冠，黃沙倏走，白日陟黑，繁霜夏寒，長虹晝見，隆之意氣，自小能之，而今顧不爾……蓋隆近頗得道也。

這裡說的「一旦以至不肖加於隆，隆不能受，亦不能怒，」不是說明了他罷官後的心情嗎！既不能受，也不能怒！「不能受」是因無罪而罷官，「不能怒」自是指的他已知他罷官的底因，是由於他寫了〈賀皇長子誕生〉那幾篇文章，居然觸惱了皇上，藉詞罷免了他。今雖知乎此因，也不能怒也。若一旦因此怒生，必起大波瀾，有性命之虞矣！

又說：

> 夫平情忍辱，忘境齊物，猝而能鎮、撼而不驚者，真道所貴也。以故隆聞謗之日，怡然安之；以無怒為養性，以不辯為忘言。雖舉國不平，交友搤擘，而隆未嘗以一芥蔕於胸懷。未嘗芥蔕者，不肖希達人之蹤，而搤擘不平者，友朋抗同仇之義也。

關於這一段話，我們只要一讀《白榆集》中的那些書信，就會感於屠隆的這些話，並非事實。上一節，我們已引述到一些了。何嘗「無怒」？何嘗「不辯」？何嘗無「一芥蔕於胸懷」？尚能「安之」而已！非無怒也，非不辯也，非無芥蔕也！

又說：

> 夫友朋友高義而事故（固）宜然，而隆始未敢輒以此理望明公，則以與明公無生平之素也！

怪哉！既「未敢以此理（友高義）望明公」，又何必以書函明之邪？其心態，豈非顯然有所望乎？

又說：

> ……而隆所坐，不過詩酒。詩酒之罪，隆實有之，不為枉。

可是，在此話的後面，卻又一再述說自己不善飲，每飲「不能盡柿子大一杓，即面赤頭眩上下四方易位」。居然前言不搭後語。何以？前言所說「詩酒之罪，隆實有之，不為枉。」乃謙抑之詞，寫到後面，真情壓抑不住，遂又不得不愬冤矣！

又說：

> 六年之間（斯時當為萬曆十七年或十八年），寄聲日至，而不肖又恬然安之，了無半札一言為謝。……譬之候蟲，時未至而喑喑無聲，時至而嘒嘒不已。彼蓋無求無營而自鳴，其天機也。

第一，屠隆罷官六年以來，友朋們的不平，仍在「寄聲日至」。益可想知屠隆的罷官，並不是單純的個人之間的挾仇誣陷，乃別有他因。若不是涉及了皇長子的冊立問題，所寫賀詞觸怒了皇上的不懽，遂主動罷免了他，友朋們站在維護國本的心情，因而把屠隆的罷官事件，與盧洪春、孫如法、姜應麟、雒于仁等人的遭遇，同抱不平，又怎會在屠隆罷官的六年間，還「寄聲日至」而不息！此一事理，不是非常明顯了嗎！

第二，屠隆說：「了無半札一言為謝。」卻也不是事實。在《白榆集》的書信中，為了他的罷官，答言友朋者，何止十件？不過，尚能「恬然安之」，未作憤懣之辭而已。（《白榆集》的詩文集，寫作時間雖在《栖真館集》之前，但《栖真館集》則出版在前；序刻於萬曆十八年，《白榆集》則序刻於萬曆二十八年。）

第三，屠隆對於友朋們的不平反應，之所以能「恬然安之」，只是不願作望影聞聲的瞎吠，所以他以候蟲為喻，待時至而嘒嘒鳴也。

那麼，屠隆的內心不平之鳴，應鳴於何時呢？

我們再讀這封給楊太宰書的語言。

又說：

> ……今日水旱沓仍，疫癘繼作，去年元元大被其毒，今歲益甚。吳越之間，赤地千里，喪車四出，巷哭不絕。隆竊念主上英明，總攬大臣，寬仁愛人，明良在朝，政刑脩舉，不應致眚而災眚若此，此或前人鷙猛束濕之餘烈也。……

范文正公有言：「居廟堂之高，則憂其民，處江湖之遠，則憂其君；是進亦憂退亦憂。」斯亦儒家人士的持身處世之道。屠隆飽讀經書，那能脫此？是以他見及吳越災眚，便忍不住要向這位身為太宰的大員，為大眾訴苦情，斯即「退亦憂」也。雖然信上說「主上英明」，又說「總攬大臣寬仁愛人，明良在朝政刑脩舉」，但卻「不應致眚而災眚若此」！這話的內涵也不是極清楚的在指斥當政嗎！儘管，屠隆為「災眚」之生，尋了一句託詞：「此或前人鷙猛束濕之餘烈也。」把致眚的責任，推給了張江陵。我們可以想到，這話決不是屠隆的內心話。

關於王胤昌太史的信，屠隆在這裡也提到了。

他說：

> 頃王胤昌太史書來，欲得隆憤懣不平言吐冤人之氣，激壯士之肝；長留天壤，山川生色。夫憤懣不平事，世上所有，隆胸中所無。隆雖至不肖，不敢為世上所有事，不能作胸中所無語，而且以寂寥幽適之辭答之耳。士大夫以尺牘遺其交知，抒心寫愫，垂名流照者，在古昔則有史遷、李陵、揚惲、鄒陽、江淹，在近世則有唐寅、陳昌積、盧柟，吾鄉則有陳來，皆以高材發為雄文，沈痛悽惋，掩抑頓挫，有足悲者。並不聞胸次鬱結，蒲紙侘傺，豪儁之徒，賞其悲壯，清遠之士，陋其煩兢。才雖高矣，量不足取也。

屠隆一再表白他不願倣效司馬遷等人之「抒寫心愫」;「以遺交知」;雖罷官之事，乃世所不平，他則說他「胸中所無」。還說：「往託名山著書，以規不朽。此校之一不得志猖狂娙逸從日暮途窮之計者，固也勝之，然隆以為非上策也。」他認為像馬遷報任安書的這種作為，固勝日暮窮途而哭者，而他則以為「非上策」，何以？這樣作，只是為一己的心中不平懟苦而已。

那麼，屠隆的「上策」如何呢？顯然的，他要做個候蟲，待時至而嘒嘒，而且是「無求無營而自鳴」。斯其所謂「鳴」之「上策」也。

屠隆對於當前時政，也非常縈心。

又說：

> 天下之事，方大集於公。隆竊思此時，國本未定，朝議多端，宗室失所，邊防懈弛，吏治粉飾，官守貪污，人情傾仄，俗尚浮夸，費用太繁，征求頗急，閭閻空虛，黔首痌瘝。又如，以災情事，大有可虞！夫天下仳離，則治平繼之，治平之後，所繼非復治平矣！

試看屠隆這一段論騭時政的語言，其所急者，何嘗是個人無罪而橫遭免官的憤懣，迺急天下之治平，所繼非復治平也。像信中所論及的時政之弊，不正是萬曆朝的缺失嗎。試想，屠隆如把此一憂國憂民的懷抱，發之為文，著之竹帛，良乎！高於史遷之報任安書者多矣！

(四)屠隆待時至而「嘒嘒」的時機

屠隆是一位胸懷大志的作家，情操清遠的哲人，所以他能向遠大處著想，更能壓抑了胸中的不平激情。雖說，在他的書信中，字裡行間，仍難掩蓋他無罪而罷的不平心情。卻能安之，大是不易。當萬曆十七、八年的時際，不惟「國本未定，朝議多端，」而且「邊防懈弛，吏治粉飾，……」他已看到天下要起變亂了。

關於國本問題，上一節我們業已說到，廷杖謫官者比比矣！士大夫上疏規諫，率多直懟皇上的寵幸措施不當。這時的常洛，已經八九歲了，既不行冊立太子之禮，也不讓他讀書。臣民之請，總是藉口推託。越是推推拖拖，臣子們越是懷疑。要求皇長子冊封，並要求馬上出閣講學的本章，越來越多。這位皇上曾向首輔申時行發牢騷說：「近來只是議論紛紛，以正為邪，以邪為正。一本論的還未及看，又有一本辯的來了。使朕應接不暇。難道這要我點起灯來連夜閱覽嗎。這怎算個朝綱？……」到了萬曆十九年秋，被逼不過，只得下令詔訂二十年春舉行東宮冊立禮。八月，工部主事張有德，認為東宮冊立禮既訂明年春，儀注所需，應開始準備了，遂上疏請。結果，皇上大怒，責張有德瀆擾，罰薪三月，並把原訂冊立時間，延至二十一年舉行。嚴飭各衙門，不得再來瀆擾。

二十年正月，禮科給事中李獻可，偕六科諸臣，疏請預教。認為元子已十一歲，不能不讓他唸書了。疏上，皇上又大發脾氣，還摘出疏中誤書弘治年號的問題，責以違旨侮君，貶一秩調外，餘奪俸半載。戶科給事中孟養浩疏救李獻可，則責孟養浩疑君惑眾，命錦衣衛杖之百，削籍為民。可是到了二十一年，則手詔三子並封為王，立儲的事，少待數年，若是皇后未生嫡子，再行冊立長子。這時的首輔，已換了太倉王錫爵，雖上疏力爭不可，請下廷議也不許。後來，雖迫於公議沸騰，追寢前命，但冊立太子的事，則諭：「少俟二三年再議。」這一次，光祿寺丞朱維京，刑科給事中王如堅，因抗爭三王並立事，疏文激憤，均謫戍極邊。這年七月彗星出現，王錫爵以星變為辭請冊封，也只慰答了事。冬間萬壽節，再請行冊封禮，諭言仍待皇后有出。但長子年將十三歲，那有曠學之理。到了閏十一月初一，方始下詔，訂明春舉行豫教出閣禮。二十二年二月，皇長子出閣講學受教了。

關於皇長子出閣講學，朱國楨在他所著《湧幢小品》，曾予記載。文謂：「萬曆二十二年，光廟以皇長子出閣講學。故事講必巳刻，遇寒暑傳免。至是，定以寅刻，也不傳免。」講書訂在「巳刻」，傍午時間。到了常洛出閣講學，則改訂為寅刻，「寅刻」，日尚未出呢。天寒地凍也不傳免。不惟不傳免，朱氏記稱天大寒時，講堂連個火爐也不設。又說講官們在叩頭時，方始發現這位皇長子袍內，止一尋常狐裘，而且是年年冬天所著，都是那一件。萬曆爺虐待他這個兒子，竟至乎此種情景。本來，講官進講畢，必賜酒飯，且比常宴精腆。可是到了萬曆二十二年常洛出閣講學，則自食其食，每五鼓起身，步行數里，黎明講書，備極勞苦。大暑天氣涼，出入猶便，大寒衝風，幾於裂膚。先朝的銀幣、筆墨、節錢賞賜，至此已成絕響。端午節到了，連一把扇子也不給。所以朱國楨感歎云：「聖上教子，可謂極嚴極儉者。」實則，《湧幢小品》的這些記述，又何嘗是贊頌萬曆皇帝教子之嚴之儉呢！言外有音也。

再說宮廷以外的故事如何呢？屠隆寫給楊太宰的信，業已詳確的一一說到了。下面，我們再從明史之神宗本紀，摘錄這數年間的大事記如下：

(1)十七年春正月己酉朔，日有蝕。宿松賊劉汝國作亂，安慶指揮陳越討之，敗歿。吳松指揮陳懋功，方討平。雲南永昌兵變。始與妖僧李圓朗作亂，犯南雄。六月，浙江大風、海盜。浙江大旱，太湖水涸。

(2)十八年四月，湖廣飢、賑。青海部長火落赤犯舊洮州，副總兵李聯芳敗沒。七月庚子朔，日有蝕。七月，火落赤再犯河州，臨洮總兵官劉承嗣敗績。

(3)十九年春正月，緬甸寇永昌、騰越。四月，四川四哨番作亂。七月癸未諭廷臣，「國是紛紜，致大臣爭欲乞身。此後有肆行污衊者，重治。」十二月，河套部敵犯榆林。是年，畿內蝗災，浙江大水。

(4)二十年三月，寧夏致仕副總兵哱拜殺巡撫都御史黨徽，副使石季芳，據城反。四月，總兵官李如松提督陝西討賊軍務。西亂未平。五月，東方倭寇犯朝鮮，陷王京。朝鮮王李昖奔義州求救。八月，兵部右侍郎宋應昌經略備倭軍務。李如松甫平西亂，又著提督薊遼保定山東軍務，充防海禦倭總兵官救朝鮮。

(5)二十一年春正月，李如松攻倭於平壤，克之。但進攻王京時即遭敗績。朝內大臣則為三王並封事，力爭未已。朝鮮倭寇雖平，而是年之江北、湖廣、河南、浙江、山東，均大饑荒待賑。

(6)二十二年春正月，由於各省災傷甚重，山東、河南、徐淮尤甚，盜賊四起。兼且有司玩愒，朝廷詔令不行。夏四月己酉朔，日有蝕。六月己酉雷雨，西華門災。七月河套部長卜失兔犯延綏。播州宣撫使楊應龍反。十月，炒花犯遼東。雖然亂事平了，終究有了這些叛亂事件。

我們看，自從屠隆罷官後的十年歲月間，可以說是內憂外患，日亟一日。尤其國本問題，到了萬曆二十一、二年，常洛業已十二、三歲，不惟未行太子冊立之禮，而且連書也不讓他讀，不是顯然的不希望讓他來接掌大位嗎。這情形，不正是屠隆說的「國本未定，朝議多端，宗室失所，邊防鬆弛」嗎。像皇長子的雖已出閣講學，竟是一反常規的虐待他，「寅刻」就要講學了，且時在農曆二月，燕都尚在嚴寒，連個火爐也不預備。這情事，應是屠隆所期望的候蟲之「時至」而「嘒嘒」的時際吧？我基此推想，則《金瓶梅》草創於此際——萬曆二十二年（1594）正其時也。

《金瓶梅》文稿，最早傳抄於萬曆二十四年（1596）冬，這年的八月，礦稅的惡政，已派中官四出開之征之矣。不也是激發屠隆送出《金瓶梅》稿的憤懣時機嗎！

我們從這麼多的歷史因素來看，以及屠隆可能寫作《金瓶梅》一書的動機來看，試問，在萬曆間還有那些人具備這些可能寫作《金瓶梅》的條件？

三、推敲湯顯祖這兩題詩篇的寓意

以「四夢」傳奇馳名文壇的戲曲家湯顯祖，江西臨川人，萬曆十一年（1583）進士；晚屠隆兩科。

當年八月，選任南京太常博士，五年後轉任南京詹事府主簿，再轉禮部祠祭司主事。萬曆十九年（1591）以疏論輔臣科臣事，貶廣東徐聞縣典史，抵二十一年（1593）調浙江遂昌令。萬曆二十三年秋，屠隆往訪。

(一)第一題：長卿初擬悤遊浙東勝處，忽念太夫人返棹。悵焉有作。

屠隆在遂昌，湯顯祖寫有在遂昌游往之詩多首，收入《王茗堂集》中。數來計有(1)〈松陽周明府乍聞平昌得緯真子，形神飛動，急書走迎之，喜作。明府最善琴理〉（卷十）。

(2)〈平昌得右武家絕決詞示長卿，各哽泣不能讀，起罷去。便寄張師相，感懷成韻〉（卷八）。(3)〈平昌聞右武被逮，慘然作〉（卷十三）。(4)〈留屠長卿不得〉（卷五）。(5)〈長卿初疑恣遊浙東勝處，忽念太夫人返棹，悵焉有作〉（卷五）。(6)〈秋雨九華館送屠長卿，使人會城課滿〉（卷三）。(7)〈平昌送屠長卿歸省〉（卷六）。

（此一排列順序，採徐朔方校箋之《湯顯祖詩文集》之編次。）

這七首抒寫屠隆在遂昌游往情形的詩作，其中〈長卿初疑恣遊浙東勝處，忽念太夫人返棹，悵焉有作〉這一首長調，最值推敲。我們先論這一首：

詩云：

> 神仙縣令如山鬼，白雲青蘿石泉泚。偶然堂上游麋鹿，直向琴中殷山水。不知誰子耳能清，但見似人心即已。長卿凌雲飄不飛，空谷跫然能至止。入門心知客不惡，滿堂目成予有美。莞爾弦歌游縣庭，居然水竹如蕭寺。開燈彷彿眼中人，罷酒徘徊心上事。崢嶸晏歲君如何，幽桂叢山真碕礒。侵雲瞑石啼玄豹，落日寒林隱青兕。能來去住看題筆，到處逢迎須倒屣。江花入夢有年餘，山木成歌非願始。天台莓梁亦咫尺，麗陽片葉桃花裡。縉雲丹丘停鳳笙，青田白鶴銜花蕊。與君發興期淹留，盡與山經出靈詭。何得采芝未盈把，便向高堂成燕喜。沓嶂鳴笳響相答，赤亭風颶寒潮起。山陰道上少酬接，新婦巖前初相倚。定道窮愁能著書，正恐春風動游子。君去春來誰得知，脈脈桃蹊問桃李。

1.入門心知客不惡　滿堂目成予有美

這首長調共三十八語十九句。首三句寫遂昌這地方的偏僻荒蕪，每日所見除了白雲、青蘿、石泉，便是鳥語獸吼，大堂上都是麋鹿的游賞之所。耳所能聞全是泉鳴及鳥獸的喧唱，曰：「但見似人心即已」。甚而認為所見士庶，都乏文化氣息，是以屠長卿在斯時到來，真格是如同「凌雲飛來」，這一來，便「空谷跫然能至止。」其他一切的雜音，都會由於屠氏的到來而戛然休止。甚而說凡是見到屠氏的人，都會感受到屠氏是位儁人、雅人。故云：「入門心知客不惡，滿堂目成予有美。」更說自從屠氏到來，他那水竹之居的縣庭，突成弦歌莞爾的蕭寺。而且到處有人請之題筆，到處有人倒屣逢迎。不是松陽（遂昌隣縣）縣令周氏，聽說緯真子屠隆到了遂昌，急書走迎嗎。在袁中郎（宏道）文集的尺牘中，有一封寫給王以明（輅）的信，曾提到他對屠隆長卿的印象，說：「游客中可語者，屠長卿一人，軒軒霞舉，略無些子酸俗氣，餘倏倏耳。」也正應驗了湯顯祖所寫的這首詩的上半段詩句。下半段寫的則是慨乎屠氏之未能達成遊徧浙東勝處，卻因懷念老母而急急返棹。像天台、麗陽、縉雲、青田等地，都還未去遊呢。故謂「何得采芝未盈把，便向高堂成燕喜。」最後，則勸老友減少酬接，多與新婦相倚。（詩說應老母之召，歸去娶婦。）更勸屠氏能在窮愁中著書立說呢。

這些詩句，都充滿了文人的閒情與詼諧心性。

他如「崢嶸晏歲君如何，幽桂叢山真碕礒。侵雲暝石啼玄豹，落日寒林隱青兕。」也都是贊美屠氏之隱居山林之如「玄豹」、「青兕」而「真碕礒」也。

而我最不能解的是這兩句：「江花入夢有年餘，山木成歌非願始。」非文義之不能解，而是文義之所指不能解。

2.江花入夢有年餘　山木成歌非願始

「江花入夢」，採用的是江淹夢筆生花的典故。這句詩顯然指的是屠隆已經獲得了寫作的靈感，要寫這篇作品有一年多了。「山木成歌」採用的是莊周的〈山木〉篇。按莊子的「山木」，寫了幾則寓言，來喻說人之處世。如山有木不材無用，而得終天年，家有雁不能鳴而獲烹之。其他尚有豐狐文豹之棲遊山林，伏於巖穴，夜行晝居，飢渴隱約，然且不免於罔羅機群之患；是何罪之有哉！於是莊周答說是：「其皮為之災也。」規人之不可有招人取利之才。所以莊子又勸人要忍恕而勿怒。因謂：「方舟而濟於河，有虛船來觸舟。雖有偏心之人，不怒。有一人在其上，則呼張歙之，一呼而不聞，再呼而不聞，於是三呼邪！則必以惡聲隨之。向也不怒而今也怒；向也虛而今也實；人能虛己以游世，其孰能害之！」且又以螳螂在前而黃雀在後為喻，以歎人間之險，戒人勿「見利而忘其真（身）」，蓋「二類相召也」。那麼，湯顯祖此一詩句說屠氏「山木成歌」，自是指的屠長卿這一年多來的「入夢江花」，業已譜成了歌，即「山木」之趣也乎？

這「山木」之趣的歌兒，自是起於屠氏的罷官因由而譜成的吧！此說「非願始」，想必指的是「成歌」的「山木」，尚非心願之始，可能還有「心願」要繼續哩！

屠隆的罷官因由，引起的屠隆冤呼與不平之鳴，本文前已述及。抵萬曆二十三年（1595），已褐服山野十餘年矣！這多年來，他賣文為活，不時到各地看看朋友，遊遊山，玩玩水，寫寫劇本，唱唱戲文。這種閒雲野鶴的生活，卻也適情於他，這年到了遂昌湯顯祖的衙齋，是打從吳縣袁宏道（中郎）處去的。湯氏這首詩，即作於此時。詩敘業已言明了。

屠隆到了遂昌，原擬遊遍浙東勝處，忽念高堂之召，匆匆返棹。所以湯顯祖在詩敘中說：「留長卿不得」也。

雖說，屠隆的罷官原因，乃第一位涉入萬曆爺儲位案的受害者，是以在他罷官五年後，還有人知而為之鳴不平，慫恿他以司馬遷之報任安書等史典，來「刳腹腸於紙上，寫涕泪於毫端。」而屠氏未嘗出此。他只是認命的說：「豈非數哉！」可是，當他瞭然於禍起於「雕蟲」（文章惹起時），遂以候蟲作比，「時未至而喑喑無聲，時至而嘒嘒不已。」足徵屠隆這份冤抑在心底的不平與憤懣，再加上一份憂國憂時的血忱，總會如候蟲然，待時至而嘒嘒也。

那麼，湯顯祖的這兩句詩：「江花入夢有年餘，山木成歌非願始。」得非指此乎哉？似可據之推想屠隆這次到遂昌來，可能携有這部《金瓶梅》稿吧？

再者，湯氏這首詩中還有這兩句：「開燈彷佛眼中人，罷酒徘徊心上事。」也很難令我們洞澈詩句中的含義；何所指邪？這「眼中人」意指上語「蕭寺」典中的蕭子雲嗎？「罷酒徘徊心上事」，又是指的什麼？委實難明。

按屠氏在遂昌的這段期間，獲知了他們的朋友（同年）丁此呂（右武）被捕的消息。丁氏被捕，自分必死，曾寫決絕詞留家。這件決絕詞，抄傳在友儕間，遂昌也得到一份，湯顯祖拿給屠隆等友人看，使得大家哽泣不能讀，連這天的聚會都不能繼續了。湯氏的這首詩，雖明寫丁右武的被捕事件，何嘗不是暗寫屠長卿的因交感而悲歎哽泣之情呢！基是詩句推想，則「開燈彷佛眼中人」，似是指的這天屠氏在黑暗中為友難而徘徊哀傷，「罷酒徘徊心上事」，蓋亦自傷也！但又能不憤乎在上者之良窳不分（丁此呂被捕下刑部，眾人救之不得，是年十二月謫邊戍）。

屠隆在遂昌受此激發，取囊中未成稿以示故友，斯其時也。向老友說明動筆之始，所謂「江花入夢有年餘」，斯亦其機也。「山木成歌非願始」，或是屠氏所成之稿，已與原意有了出入，非原始構想。這樣解說這兩句詩，想來，似非穿鑿吧。

3.《曇花記》何來「西寧侯」之寓？

沈德符的《野獲編》，記有屠隆的劇作《曇花記》一條。除記有屠氏罷官事，說到《曇花記》時則云：「近年屠作曇花記，忽以木清泰為主，嘗怪其無謂。一日，遇屠於武林，命其家僮演此曲，揮策四顧，如辛幼安之歌千古江山，自鳴得意。予於席間私問馮開之祭酒云：『屠年伯此記出何典故？』馮笑曰：『子不知耶？木字增一蓋成宋字，清字與西為對，泰即寧之義也。屠晚年自恨往時孟浪，至累宋夫人被醜聲。侯方嚮用，因以坐廢，此懺悔文也。』時虞德園吏部在坐亦聞之，笑曰：『故不予如作曇花記序云：此乃大雅目蓮供，免涉閨閣葛藤語。差為得之。』予應曰：『此乃著色西遊記，何必詰其真偽？』今馮年伯沒矣，其言必有所本。恨不細叩之。」按沈氏所記馮開之的說法，當時聽者虞德園即不表同意。認為屠氏《曇花記》序中語為是。事實上，《曇花記》的內容，也確實是一部《大雅目蓮傳》，屠氏不惟在自序中，說他的《曇花記》是助佛祖用戲場作佛事度人，且在凡例中闡明「此記廣譚三教，極陳因果，專為勸化世人，不止供耳目娛玩。」更說：「此記扮演，俱是聖賢講說，仙宗佛法，不當以嬉戲傳奇目之。各宜齋戒恭敬，必能開悟心胸，增福消罪，利益無方。不許葷穢褻狎。」甚而要求觀者，「遇聖師天將登場，諸公須坐起立觀。」要求演出之「梨園能齋戒扮演。」還要求演出之日，「須戒食牛、犬、鰻、鯉、龜、鱉大蒜等登場；本日如有淫慾等事，不許登場。」

自可想知屠氏的《曇花記》要表達的是什麼內容了。

當我們讀了《曇花記》，也不會認為這齣戲文是贊頌宋西寧的。可以說《曇花記》是屠氏主張三教合一論的佛家宣講。「木清泰」三字縱有「宋西寧」之假託，也只是假其名而託，非有關戲文內容。從戲文觀之，乃三教合一論也。

不過，明人呂天成《曲品》，亦有如是云：「赤水以宋西寧侯嬲戲事罷官，故作曇花記託木西來以頌之，意猶感宋德。或曰盧相公指吳縣相公，孟豕韋即指糾之者，才人喪檢亦常事，何必有恚心耶？」可是黃文暘《曲海總目提要》，則認為屠之《曇花記》，乃借時人寧夏東路總兵杜松尚氣生憤，乃披剃為僧事。遂以木氏為頌，蓋杜松姓名均為木旁也。此說似比假宋氏之說，更為接近。

一說屠隆家有曇花閣，乃取佛氏優鉢曇花以為名。曇花即青蓮花，三千年一開，世所希有。經稱佛為希有世尊，以亦曇花為擬。隆蓋自負其才，託名喻己（錄金夢華《汲古閣六十種曲敘錄》）。再日人青木正兒《中國近世戲曲史》云：「屠隆嘗卜居於甯波南門內日湖、月湖之邊，名曰『婆羅館』，庭植娑羅樹，其樹明末清初尚存，張岱《陶庵夢憶》記其事。劇中所謂曇花，為此稱娑羅樹之轉用，非作者寓目欲成道之意歟？果若是，賓頭盧之風僧及山玄卿之狂道，似作者自影。」則又另一說。

總之，說屠氏《曇花記》是贊頌宋西寧以悔，乃「懺悔之文」，想乃時人推想，茶餘閒話而已。

我們把《曇花記》的問題說到這裡，可以蠡想到湯顯祖詠唱屠隆的這兩句詩，所謂「山木成歌」之歌，似非《曇花記》。再說，《曇花記》的敘文，屠氏作於萬曆二十六年（1598），後於湯氏寫這首詩的時間曾有三閱寒暑，也略遠了些。想來，必另有其文也。

至於屠氏的另兩本戲劇著作，《采毫記》與《修文記》，內容更與「山木成歌」之喻，不相符契。所以我們推想屠隆可能是《金瓶梅》作者，早期傳抄出的《金瓶梅》，可能是「山木」之歌，在今之《金瓶梅詞話》中，不還殘餘了一些蛛絲馬跡嗎？如曾孝序的下場（《金瓶梅》第四十八、九回），如王三官與其母林太太的情節，應多而少；如揚州苗員外以及苗青、苗小湖的糾葛；在《金瓶梅》（詞話）的情節中，都脈絡不貫而交代不清。再加上第十七、十八兩回中的賈廉、賈慶、西門慶的糾結問題，在在都顯示出《金瓶梅詞話》是後人改寫過的了。

從這些問題來作推想，則「山木」之歌，可能指的是早期的《金瓶梅》稿本。

(二)第二題：長卿苦情寄之瘍，筋骨段壞，號痛不可忍。教令闔舍念觀世音稍定，戲寄十絕

觀湯氏論及屠隆的詩文，雖對屠氏有所推戴，然在屠氏病苦中，竟寫了十首絕句嘲之，屠氏故後，湯氏竟無一語致弔唁。在湯氏詩文集中，哭弔某某某之詩文多哉，何竟

對老友屠長卿若是薄乎？斯一問題，深值吾人探究。

按湯、屠二人，在寫作上雖是同道，在仕途上也同是蹇乖之輩，在性格上也有類似之點，但在品行上，二人則東西異端矣！湯拘謹且傲狂難近，有「狂奴」之稱。而屠則放浪不拘細節。但不隨人俯仰而狷介孤高則同。

湯顯祖初娶妻吳氏，生二子，卒於湯及進士第之第二年（見《玉茗堂尺牘》卷之一〈與司吏部〉）。其後繼娶傅氏。湯曾自云：「在平昌四年，未曾拘一婦人。」（《玉茗堂尺牘》卷之四〈與門人葉時陽書〉）再明無名氏《活埋廣識小錄》有云：「聞若士具風流才思，而室無姬妾，與夫人相莊以老。」湯且有五絕云：「側室了無與，聊取世眼黑。今朝好日辰，鑷此一莖白。」（《玉茗堂詩集》卷之十三）而屠隆則不然，他極喜女色，罷官後二十年間，除了賣文、旅遊，且蓄優伶，組班演劇。（《萬曆野獲編》卷二十五《曇花記》提到演劇事。）湯氏送屠氏歸櫬的那首詩說的「便向高堂成燕喜」，即指屠之歸娶也。

從這二人性行相異來看，足證二人情性與喜好，雖有投契之處，亦有扞格之處。我們從湯氏獲知屠氏病苦，竟寫了十首絕句嘲之，可以作證。

詩云：

（一）

老大無因此病深，到頭難過了人心。
親知得授醫王訣，解唱迦雲觀世音。

我們看湯顯祖在屠隆病中，戲作的這十首詩，一下筆就嘲笑屠隆在「老大」的暮年歲月中，得此「無因」（非無因也）之病，已入膏肓，可能死後也難逃過人心之疑的閒言語吧！

屠隆習諳歧黃，懂得草藥，結果，自己的病卻無藥可醫，痛得要全家人等大唸觀世音來止痛。得非天譴？

（二）

涕唾機關一線安，業緣無定轉何難？
諸天普雨蓮花水，只要身當承露盤。

揚雄的〈解嘲〉文有語：「蔡澤，山東之匹夫也。歁頤折頞，涕唾流沫。」臨川假此語以嘲屠長卿病中涕唾病苦之狀，真謔之甚矣！下說「業緣無定轉何難？」諷屠氏所造「業緣」太多呢？轉入上界難也。縱「諸天普雨蓮花水」，其本身也應是「承露盤」，否則，雖甘露醍醐亦無器可承盛焉。

（三）

甘露醍醐鎮自涼，抽筋擢髓亦何妨；
家閒大有童男女，盡捧蓮花當藥王。

《本草》稱「甘露」為「天酒」、「神漿」。佛家稱「甘露」為「法雨」，視為教法。至於「醍醐」，乃乳酪之精。佛家喻為正法，故有「醍醐灌頂」之說。喻智慧之入乎心。顧況有《樂府詩》云：「豈知灌頂有醍醐，能使清涼頭不熱。」崔玨《咏道林亭》詩亦有句：「我吟杜甫清入骨，灌頂何必須醍醐。」那麼，湯氏的這詩首云：「甘露醍醐鎮自涼」，意亦由此意入，只要平時悟道，已得甘露、醍醐，應能清涼自鎮，則病之「抽筋擢髓」之痛苦時，竟不當而受之。下云：「家閒大有童男女，盡捧蓮花當藥王。」蓋譏諷屠氏平日豢養演唱戲曲之男女伶優多人，這時，何不令人「盡捧蓮花」當作「藥王」以療惡疾耶？實則，此句乃嘲屠長卿的蓄伶優而生活放浪之病有因也。

（四）

肉眼戲從羅剎女，色身吹老黑風船。
年來藥向舍利得，瑪瑙真珠不值錢。

「羅剎女」乃佛家意指人之歹念中想像出的絕世美女，「黑風」則指的暴風，「黑風船」乃航行暴風中的船也。「肉眼」、「色身」，均佛家語，指塵俗之眼，紅塵之軀也。這兩句詩乃直嘲屠氏之病，乃乘上了女色之船，今已被色欲之黑風，吹向汪洋大海，已到了「天外黑風吹海立」（東坡《有美堂暴雨》詩），「白雨跳珠亂入船」（東坡《望湖樓詩》）的危殆關頭，求藥必須修得「舍利」，瑪瑙真珠當不了用矣。

可是，屠隆在詩文中，成天講「修」，但如修得「舍利」，安得有此惡疾？斯湯臨川之感喟友疾者也。

（五）

智慧生成護白衣，更緣諸漏密皈依。
雄風病骨因何起，懺悔心隨雲雨飛。

在明代文學界，屠隆稱得上是才人，講三教的修持（治），屠氏亦當時著墨最力者。可是他在病中所仰賴的觀音，固能止一時的痛楚，但平素卻疏於「皈依」，未能結得「密」緣。因而那「雄風」於文壇的體魄風骨，為惡疾所纏。這時，雖有「懺悔」之心「隨雲雨」而「飛」，卻已悔之晚矣！

看來，「雲雨」一辭，語涉雙關，此詩更是臨川之直指，非曲筆也。

（六）

色聲香味觸留連，杻械力枷鎖骨穿；
但入普門能定痛，一般心火是寒蓮。

所謂「色聲香味」，自是指的屠氏之人生享受，他晚年豢養了一個戲班子，己亦不時粉墨而袍笏，真格是處身於色聲鬢馨之間，一旦大病臨身，怎不觸起留連難捨之情？惜乎此時的病苦，如步入地獄時的身受杻械枷鎖之刑，鎖骨而穿心也。

按「普門」指觀世音菩薩之普門品（《法華經》二十五品），此說「但入普門能定痛」，自是指的屠隆在病苦痛楚難當時，要闔家人等唸觀世音止痛事。下說「一般心火是寒蓮」之「寒蓮」一辭，未知何喻？不知是否指的蓮心寒，或「連」之借也？待之方家。

總之，此首詩，殆亦諷屠氏生活之未檢點也。

（七）

臥具隨身醫藥扶，到頭能作壞僧無？
猶餘十瓣青蓮爪，長向天花禮數珠。

此詩所云「臥具隨身醫藥扶」，似是指的屠隆的病，已不能起身，全靠醫藥支持生命。下句「到頭能作壞僧無」；費解。語意極為含渾，所謂「壞僧」，委實難以瞭解「壞僧」何意？「到頭能作壞僧無？」又似乎是一句質問辭。到最後，你能作到那壞僧嗎？

基是來看，卻又不得不令我想到《金瓶梅》第四十九回中的胡僧，西門慶如無胡僧的藥，還送不了命呢。對於西門慶來說，胡僧是個「壞僧」，對於那個社會來說，祇有胡僧的那種藥物，方能剷除西門慶這樣的人物。這樣看來，胡僧則是個「好僧」。想來，臨川的這句詩，可真格費解了。不過，詩意是不是在說：「你為西門慶（或另一名字）安插個胡僧，結果自己竟也害了花柳病。到頭來，作了胡僧無？」

「猶餘十瓣青蓮爪，長向天花禮數珠。」倒文義明晳，嘲諷今日的屠長卿，只有十指可向天花數珠乞天而已。

屠氏有傳奇《綵毫記》，寫李青蓮游道事，文中以青蓮自喻也。湯氏此句，或以此諷之。

（八）

四大乘風動海潮，秋前移病對芭蕉。
不知一種無名恨，也向蓮花品內消？

按「四大」有兩說。老子認為域中有四大，即道大，天大，地大，王亦大。佛家則認為個人與萬物構成有四大要素，即地（土）、水、火、風。《圓覺經》云：「我今此身四大和合，所謂髮毛爪齒、皮肉筋骨、髓腦垢色，皆歸於地；唾涕濃血、津液涎沫、痰泪精氣、大小便利，皆歸於水；暖氣歸火，動靜歸風；四大皆離，今者妄身，當在何處？」那麼，湯氏此一詩句中的「四大」，自是指的佛家說。換言之，此詩句之「四大」，似是意指屠隆的人生動盪，一如風動海潮中的航船，如今病了，臥在床上，空對窗外芭蕉聽風聽雨已耳。這時，心頭縱有海樣深的無名之恨！也應消融在蓮花世界中了。《華嚴經》稱「蓮華世界是盧舍那佛成道之國，一蓮華有百億國。」蓋臨川規老友之應消心頭無名恨（不能名於口的憤恨）於「蓮花藏」內。

我推想屠隆作《金瓶梅》以諷喻萬曆爺的寵鄭貴妃有廢長立幼之宮闈事件，抵死時尚未完成。湯臨川此詩之語，應說是已明示之矣！

若一比照屠隆罷官後的冤呼與候蟲之自喻，再一對照湯氏之為人與侗謹性行，則此詩之言語，可以說是至為鮮明。不必再去穿鑿而附會之也。

（九）

金骨如絲付紛霜，殘年空服禹餘糧；
惟除念彼觀音力，銷盡煙花入禁方。

首句之「金骨」似是喻指身體的健康形狀。詩人鮑照說：「絲淚毀金骨」也（代君子有所思行）。此說「金骨如絲付粉霜」，意指屠隆病久體弱，金骨已如絲之微細，且已付託給藥粉霜霰，下說「殘年空服禹餘糧。」則感喟於這位老友到了晚年，居然靠藥物維持生命時日，亦云慘矣！所謂「禹餘糧」，乃藥名。《本草》有其名目。李時珍云：「石中有細粉如麪，故曰『餘糧』。俗呼為：『太一餘禹糧。』承曰：『會稽山中出者甚多』，彼人云：『昔大禹會稽于此餘糧者，本為此爾。』」可是，屠已病入膏肓，藥石已罔效。斯謂之「空服」也。所以這時屠長卿的病狀，全靠唸觀音咒止痛。

這怪誰呢？都怪你自己憑恃了「禁方」（密藥）而「銷盡」了「煙花」，豈非斯人也而有斯疾也！

「銷盡煙花入禁方」，得非嘲屠氏之以「禁方」御女於煙花寨，今得此惡疾，自作孽也！

（十）

非關鉛粉藥是病？自愛燕支冤作親；
今日人前稱長者，觀音休現女兒身！

「鉛粉」，乃婦人用以傅面使之光潔之物，卻也因而用以代婦女的稱謂，故伎家女亦稱「粉頭」。此說「非關鉛粉藥是病？」意為屠先生的病不是由「鉛粉」引發的嗎？於是下句說：「自愛燕支冤作親」，為之作了答案。「燕支」即婦人塗唇指之胭脂也。

按「燕支」乃草名，產燕支山，葉似薊，花似蒲公。出西方，土人入以染，名為燕支。因係美人恩物，不離女身，後人遂喻美人之居為「燕支窩」。凡女人聚居之地，如伎家，亦謂之「燕支堆」。屠長卿生性風流，自蓄優伶，於是，這風流病便與屠氏作親而成了冤家。

「今日人前稱長者，觀音休現女兒身。」

這兩句，似是在指斥屠隆作人的虛偽。我在前面引述到屠的傳奇《曇花記》，說到他在凡例中，訂下了一條條上演他這齣戲的禁忌，如：

> 一、此記扮演，俱是聖賢講說，仙宗佛法，不當以嬉戲傳奇目之。各宜齋戒恭敬，必能開悟心胸，增福消罪，利益無方。不許葷穢褻押。
>
> 一、登場梨園，雖在長官貴家，須命坐扮演，緣裝扮分份佛祖長真，靈神大將，慎之慎之，如好自尊。不許梨園坐演者，不必扮演。
>
> 一、遇聖師天將登場，諸公須坐起立觀。如有官方地方，體統不便起立者，亦當存恭敬整肅之念。不然，請演他戲。
>
> 一、梨園能齋戒扮演，上善大福。如其不能，須戒食牛、犬、鰻、鯉、龜、鱉、大蒜等。本日如有淫欲等事，不許登場。

那麼，我們如把屠氏的《曇花記》中的這幾條凡例之規定來看，屠隆怎會是一位染上性病的人？這或許就是湯臨川聽說屠隆得了這樣一種病苦難忍的梅毒之症，遂有這多感慨，一口氣寫了十首絕句，來嘲諷屠隆。然亦正說明了彼此間性行之大不同也。

湯顯祖與屠隆，雖非同年，但在著作上，頗為投契，性格上，也有味投之處。但在生活上，二人則大不相同。湯氏倜謹，屠氏放蕩。屠氏罷官家居二十年，真格是閒雲野鶴，放浪於山水絲竹間。湯於萬曆二十六年（1598）棄官家居之後，便埋頭著作。湯氏一生從不涉入玩笑場，不嫖妓，不納妾，僅妻一人，死後再續妻一人。是以人稱湯氏「不二色」。行文講求修辭，故有「辭章家」之美譽。

屠隆病了，病之苦楚，無藥可止，不得已要闔家人唸觀音咒止痛。在這種情形之下，作為文友的湯臨川，竟無一字慰安，反而寫了十首絕句，狠狠寄以嘲諷之辭。套句屠隆的話，「斯其故，不可知已！」難道，為了《金瓶梅》這部書嗎？

尤其怪者，屠隆卒後，湯氏竟無一言而悼？觀之屠到遂昌的那段日子，湯氏為屠而作的詩，無不字字神飛而情颺，何竟十年後寫出的詩句，乃大嘲屠氏友人之虛假，又說：

「今日人前稱長者，觀音休現女兒身？」何竟若是之不滿也耶？

「斯其故，不可知已！」

總之，湯顯祖的這十首絕句，已充分的透露了他對老友屠長卿品性放浪的不滿。此詩之成於「斯人也而有斯疾也」的心態，至為明顯。時為萬曆三十三年（1605）秋閒，屠隆卒於是歲八月二十五日。

我們從湯臨川文集中獲得的這些資料，堪以證明屠隆的品性，大可與《金瓶梅》之內涵契機；何況屠氏有作《金瓶梅》之動機也。

(三)贅語

我從今之《金瓶梅詞話》的情節不貫與人物孤起孤落等問題臆之，認為《金瓶梅詞話》是萬曆末年的改寫本，非萬曆中葉的傳抄本。按《金瓶梅》之傳抄本，最早出現於萬曆二十四年（1596）十月。（此說大陸學人則認為是萬曆二十三年秋。此處不辯。）如以時間相切，或可推臆屠氏此行，可能已攜有《金瓶梅》初稿之開頭部分。內容或非今之《金瓶梅詞話》。是以湯氏送屠氏返棹詩中的這兩句詩：「江花入夢有年餘，山木成歌非願始。」或指乎此耶？徵之另兩語：「開燈彷彿眼前人，罷酒徘徊心上事。」亦說明屠氏當時在遂昌，獲知同年丁右武被捕（丁此呂亦萬曆五年進士），遂有心事徘徊。得非「山木」之「歌」乎？

今把湯氏這兩首詩的問題，演繹至此，固未能一語道破吾之所指所疑，然而湯顯祖的這兩首詩，誠值吾人繼續推衍。以之與〈別頭巾文〉以及屠隆之可能有的候蟲時至而嘒嘒的冤抑心態，綜而觀之。那麼，我推想初期傳抄的《金瓶梅》，當是屠隆的作品。我再說多遍，數數萬曆年間的人，舍屠隆有這麼多的寫作《金瓶梅》的條件，其他，還有誰符合上這麼的寫作《金瓶梅》的條件？

兆　放隊詞
——馮夢龍與《金瓶梅》

根據文學史料的記載，《金瓶梅》一書，首由袁宏道（中郎）於萬曆二十四年（1596）冬傳播出來；此時，祇是未完的抄本。（據謝肇淛說只有「其十三」。）

此後便整整十年的歲月，未見任何人提及這部名為《金瓶梅》的小說。到了萬曆三十四年（1606）間，卻仍由袁宏道（中郎）傳出了《金瓶梅》的消息，他竟把《金瓶梅》這部小說，與《水滸傳》並列，寫入《觴政》這篇文章中，作為飲酒者的酒令。豈不怪哉！

還說：「不熟此典者，保面甕腸，非飲徒也。」

這時，袁宏道（中郎）自己，還未曾讀到《金瓶梅》全本呢？（且只有「其十三」）正如屠本畯所說：「按《金瓶梅》流傳海內甚少。」事實上，在萬曆三十四年之前，祇有袁宏道（中郎）記述《金瓶梅》的兩件史料，至今尚未發現其他人士的文字紀錄。今見之所有其他談到《金瓶梅》的文字，全是萬曆三十四年以後所寫。

想來，這豈不是我們應去尋求答案的問題嗎？

（這番話，我重覆了不少次了。）

我之所以附贋於黃霖提出來的作者「屠隆說」，正因為我尋到了這些歷史因素，在那一時代，卻祇有屠隆最能符契得上。屠隆卒於萬曆三十三年（1605）八月二十五日，在他卒後的第二年，《金瓶梅》方在沈寂了十年的歲月裡，再從袁宏道（中郎）的筆端，譜賦出來。而且，袁宏道（中郎）這次筆下譜賦出的《金瓶梅》，已不是枚生〈七發〉的仳儔，竟是把《水滸傳》作為酒場甲令的主語。

試想，若非知之《金瓶梅》一書之行將梓行，焉可僅據手上的「其十三」抄本，來寫入酒令？

這是事理。所以我推想把《金瓶梅》寫入《觴政》時的袁中郎，必知《金瓶梅》之將有刻本行世也。否則，怎敢說：「不知此典者，保面甕腸，非飲徒也。」

如此之巧，在屠隆卒後的翌年，沈寂了十年的《金瓶梅》，卻又在袁宏道的筆下傳播出來。此一歷史因素，除了屠隆可以「巧合」得上，其他還能尋到何人？

從此一歷史因素的巧合來看，卻能發現一個明顯的事實，存乎其間。那就是從萬曆二十四年到三十三年這十年之間，屠隆可能接納了袁氏的改寫建議，未成書而故世。謝肇淛文中的百之八十，似是此書僅成百之八十的暗示。袁氏兄弟的這夥友人，有補之成書的計議。可能在補寫改纂過程中，改寫的計議有了爭論。卻又受阻於萬曆宮闈事態的時波漪漣，因而又遲了十年，方有《金瓶梅》全稿傳抄於世，然仍局限於袁氏兄弟這夥友人間。並未流傳到廣大的文化市場上。（李日華《味水軒日記》乃一明證也。）今之刻本分十卷本與二十卷本兩種，且已澄實這兩種刻本，乃源自兩種不同的底（抄）本，尤足證明我們所推想的，在補寫改纂時期，由於改寫者的意見不同，遂產生了兩種不同的底本。

今者，咸認為十卷本《新刻金瓶梅詞話》，是一部與原本較比接近的一種刻本。在前文中，我們已把這兩種刻本的異同，作了大略的比勘，兩者間最大的異點，便是第一回的有關劉項政治諷喻的刪除，還有五十三、四回的「補以入刻」，五十六回的〈別頭巾文〉之有無（十卷本有，二十卷本無），以及第七十一回西門慶離京時日的改動。（其他如刪去劇曲、小唱，改換證詩等，悉與情節無所影響，可不予置論。）亦足以證明參予改成二十卷本者，乃不希求保留政治諷喻者，十卷本的改寫者則反之，希求儘情保留政治諷喻。

基是觀之，則誰是十卷本的改寫者，誰是二十卷本的改寫者？也能在眾家論及《金瓶梅》的文辭中，見及端倪。

看來，馮夢龍應是十卷本的改寫者與梓行者；卻也是二十卷本的梓行者。

這些問題，套句說書人的口語：

「聽我慢慢道來。」

一、馮夢龍的文學生涯

(一)馮夢龍的前半生

據容肇祖著《明馮夢龍的生平及其著述》所寫年表，幾無他三十五歲以前的生活紀錄。再閱福建「海峽文藝出版社」1985 年 10 月出版之《馮夢龍詩文》，多為四十以後的作品。馮生於萬曆二年（1574），既是四十以前未見其文學著作，其前半生，似在專心於舉子業。從他曾到湖廣麻城講授四書及三傳，可以證明。

馮夢龍在麻城講授舉子業，據陳毓羆作〈金瓶梅抄本的流傳付刻與作者問題新探〉一文，考馮夢龍兩去楚黃（黃安縣）首次在萬曆四十年（1612）至四十五年間，二次在萬曆四十八年（1620）。（《馮夢龍與三言》的作者，則說：「三十多歲時，他曾被湖北麻城請去講《春秋》，並著了《春秋衡庫》、《四書指月》等，指導科舉的書籍。」時間上可能是錯的。）按屠是秀才，後以歲貢資格，選任江蘇丹徒縣訓導，再升任福建壽寧知縣。時已六十有一。可以想知他是一位困頓名場的人。在四十歲以前，他先是致力於舉子業，禁不住一次次落第，像馮夢龍這麼一位有才情的人，自難免要另謀發展。遂在四十歲以後，他一種又一種的著作，不是改，就是編，在馮夢龍筆下，無論改也好，編也好，都經他注入了心力。這些，在他留下的那多作品中，是可以證明的。

馮氏在其《麟經指月》發凡中，曾說：「不佞童年受經，逢人問道。四方秘笈，盡得疏觀。廿載之苦心，亦多研悟，纂而成書，頗為同人許可。頃歲讀書楚黃，與同社諸兄弟掩關卒業，益加評定……」時為萬曆四十八年（1620），此說「廿載之苦心，亦多研悟。」按馮氏至湖廣麻黃設館授徒，萬曆四十年（1602）間，曾去過一次，纂成《麟經指月》，已是萬曆四十九年，此說「頃歲讀書楚黃，與同社諸兄弟掩關卒業」，所書已非萬曆四十八年事，當指第一次到楚黃的時間。那麼，由萬曆四十年上推二十年，正是馮夢龍年十八九的少年時期，正汲汲於舉子業時也。到了西去楚黃說經，年將不惑。斯其時，想已淡薄仕途，否則，不會舍己為人。此也足以說明馮夢龍的青年時期，確是困頓名場。在蹭蹬名場之餘，難免喪志而放蕩於花酒。斯又明代士人習尚，必不可無者。所以他的朋友王挺（立臣）〈挽馮夢龍〉句中有云：「放浪忘形骸，觴咏托心理。石上聽新歌，當隄候月起。消遙艷冶場，游戲烟花里。」所寫蓋悉為棄絕舉子業以後事也。

那麼，馮夢龍的前半生，曾聚精會神於舉子業，在蹭蹬了二十年歲月而無所獲之後，曾經「放浪忘形骸」、「游戲烟花里」。不是在編《掛枝兒》成書時，還念念不忘那位妓家相好侯慧卿嗎？

（馮氏作有〈憶侯慧卿〉一詩，詩云：「詩狂酒癖總體論，病裡時時晝掩門，最是一生淒絕處，鴛鴦枕上欲招魂。」）

想來，馮夢龍的前半生，應說是乏善可陳，他自己不願留下雪泥爪跡，後人自難窺其生活全貌矣！

(二)馮夢龍的後半生

今天，我們從馮夢龍留下來的出版物來看，其中《山歌》集是最早的一部。依據容肇祖的說法，《山歌》集中的《掛枝兒》編成於萬曆三十七年（1609），其他各類，都在《山歌》集以後。（《掛枝兒》最早編成。）

在今見之馮夢龍作品中，有類書，如《智囊》（《智囊補》），《古今譚概》（《古今笑》），《笑府》（《廣笑府》），《情史類略》（《情史》），《太平廣記抄》還有《開卷一笑》（余斷之為與馮夢龍編集）；有小說，《三遂平妖傳》，《三言》，《新列國志》，《魏忠賢小說斥奸書》，還有摘取《三言》與《兩拍》編成之《今古奇觀》以及《覺世雅言》等；其他尚有傳奇戲曲十餘種，雜詩、散曲、酬應等萬象羅陳。另外，更有為舉子業編撰的《春秋衡庫》、《麟經指月》二書；晚年則有任壽寧縣令時編成的《壽寧待志》，朱明易姓後編成的《甲申紀聞》，《甲申紀事》，《中興實錄》，《中興偉略》等書。

這些，足以見及馮夢龍後半生的經世作為，令人贊歎！

（近些年來，研究馮夢龍的專書甚夥，係論其作品者，目錄亦詳，此不累錄。）

光是從馮氏留下的作品目錄看，也能感受到這位作家的智力健，精力強。當我們一一觸及他這多作品，則更會驚詫於這人的見多、識廣且學問淵博。他喜讀書，凡涉獵到的，不但括乎經史子集，兼且及於戲曲、俗講；人間笑譚，尤所偏嗜。良能「羅古今於掌上，寄春秋於筆端。」真格是天生奇才。

固然，在他這多作品中，純粹屬於今之所謂「創作」者不多。如戲曲十餘種，論者指出，則僅有《酒家傭》與《雙雄記》兩本，乃馮氏所創意編成，他則率屬改編他人作品。小說亦然，類書更是毋庸說了。

我們從馮夢龍的作品之成書時間來看，可以蠡及他在三十五歲以後，興趣便由舉子業逐漸轉移到「小道」路上來了。雖在這十年歲月裡（萬曆三十七年到四十八年〔1609-1620〕，他仍未完全放棄仕途的奔競，還兩至湖廣設館授業，終在崇禎初年選上歲貢，做了兩任小官。而他，卻已在這之間的二十年裡〔我假設自萬曆四十年（1612）到崇禎六年（1633）〕），完成了類書、戲曲、小說等編著的作品，踰千萬言，已足可想知馮氏的這後半生，在文學上的辛勤耕耘矣！下面，擇要列舉馮氏這二十年來，辛勤耕耘的收穫：

（關於馮夢龍文學生涯的後半生，容肇祖先生早年寫有〈明馮夢龍的生平及其著述〉、及〈明馮夢龍的生平及其著述續考〉二文，所列之〈馮夢龍的生平繫年〉，其著作年代，亦自萬曆三十七年〔1609〕始。其兩文所繫述的馮氏著述等等，蓋即馮夢龍後半生的文學生涯。原不擬在此重行列述，但由於容先生早年作此文時，所見史料無今日夥，立說略有瑕疵。如首繫馮氏於萬曆三十七年己酉〔1609〕年三十六，知秀水沈德符有鈔本《金瓶梅》，慫恿書坊以重價購刻事，此一立說即誤。續考文亦未正。增述《掛枝兒》之刊佈成秩，當在萬曆三十七年，似應列在第一也。是以筆者在此為了列舉馮氏這後半生的文學生涯之辛勤耕耘成果，特參攷容先生的這兩篇文章，提要繫之。謹此述明，以證史料淵源焉！）

萬曆三十七年（1609），三十六歲。

山歌《掛枝兒》（童癡一弄）編成。

（這些山歌，自是馮氏平素注意，隨聽隨錄下的。關德棟先生的《山歌》序，亦承認〈童癡一弄〉及〈二弄〉的編成，在此時際。）

萬曆四十年（1612），三十九歲。

到湖廣黃安、麻城等處，設館授四書經傳等舉子業。至四十五年（1617）。

（馮氏此行，陳毓羆先生推想，受麻城劉承禧之薦。此說不確。實為麻城陳以聞所薦，田公子之邀也。陳曾任吳令。百二十回《水滸傳》之梓行，則可能有劉氏參預。在《情史類略》中寫有劉承禧與文震亨爭風的故實。）

（再者，馮夢龍等人，有「韻社」的組合，從社員大多麻城、黃安人。——全部列九十人，麻城、黃安人占五十人。可以想知此一以說笑為宗的「韻社」，可能成立於湖廣，後再擴大到江浙等地。馮氏被推為該社之長；亦人之喻為「笑宗」也。（題《古今笑》）按上海圖書館之《麟經指月》與日本尊經閣藏本不同，上海本多日本藏本八人，然日本尊經閣本，亦有多於上海圖書館者。此處不加比勘。）

萬曆四十八年（1620），四十七歲。

《古今笑》有馮氏庚申（萬曆四十八年）春朝書於墨憨齋自敘（署名「吳下詞奴」、「前周柱史」）。

按《古今笑》乃《古今譚概》之改纂而更換書名重印本。可以想知《古今譚概》刻成在《古今笑》之前。可能早一至二、三年，則《古今譚概》之成，當在萬曆四十五年前後吧？馮氏時在湖廣麻黃。

泰昌元年（1620），四十七歲。

《三遂平妖傳》改纂完成。敘者「隴西張譽無咎父」作敘於「泰昌元年冬至前一日」。

按泰昌即一月皇帝朱常洛，於萬曆四十八年八月一日登極九月一日崩逝，在位僅一月。後禮訂自萬曆四十八年八月一日至十二月二十九日（小月）五個月為「泰昌元年」。該年冬至為十一月二十八日。

再按《三遂平妖傳》在嘉靖年間，即有兩種刻本（見晁氏父子《寶文堂書目》），可能即為一簡本一繁本。張譽敘之《三遂平妖傳》四十回，似是嘉靖間之繁本，馮氏得而重刻者。亦有所改纂也。

《麟經指月》編成，麻城梅之煥敘於泰昌元年九月日（未署何日？）據明光宗實錄，是年九月十三日始行議定泰昌元年之起訖。此敘書明作於「泰昌元年九月日」，蓋有謂也。

（該本乃「天許齋」梓行。）

天啟初年（元年至四年〔1621-4〕）四十八至五十一歲。

約在天啟初之二三年間，「天許齋」又梓行了《古今小說》四十卷，該齋在書前題辭說：「本齋購得古今名人演義一百二十種，先以三之一為初刻云。」可以想知在初刻《古今小說》時，百二十種已成。

天啟四年（1624）改《古今小說》為《喻世明言》，是年再輯成《警世通言》。《喻世明言》（古今小說）敘者是「綠天館主人」，《通言》敘者是「無礙居士」，評者「可一主人」；論者咸認全是馮夢龍化名。

天啟某年（1621-1627）。

《情史類略》梓行。文中有避天啟帝名諱字，「校」字均刻為「較」，應梓於天啟也。

天啟六年（1626），五十三歲。

輯成《智囊》二十八卷。有《智囊補》自敘之「憶丙寅歲坐蔣氏三徑齋，近兩月，輯成《智囊》二十八卷。」榮考「蔣氏」即秀水蔣之翹字楚穉。

天啟七年（1627），五十四歲。

是年中秋，輯成《醒世恒言》四十卷。於是乎《三言》刻成。

敘者「隴西可一居士」，論者亦認為是馮夢龍化名。

是年重陽，再成《太平廣記鈔》梓行。有敘者「楚黃友人李長庚」書於天啟六年九月重陽日。按李長庚萬曆二十三年進士，湖廣麻城人。官至戶部尚書。

是年刊行《太霞新奏》。（福建海峽文藝出版社印行之《馮夢龍詩文》編者，注稱此書刊行於天啟七年。）

〈凡例〉作者「香月居顧曲散人」，《散曲概論》作者任訥，疑此「顧曲散人」即馮夢龍。

天啟末崇禎初（約 1625-1634），六十歲之前。

編成《笑府》梓行。有「墨憨齋主人」敘。共十三卷，每卷前均有「墨憨子」評語。按馮夢龍之以「墨憨」為齋名，始於《山歌》。後又把《笑府》改為《廣笑府》，略改原敘文辭而已。實乃改頭換面的重印本。

改編《新列國志》成書梓行。扉頁題「墨憨齋新編」，再題告白有云：「墨憨齋自纂《新平妖傳》及《明言》、《通言》、《恆言》諸刻。」足證此書之編成刊行，當在天啟末或崇禎初。

敘《新列國志》之「吳門可觀道人小雅氏」，亦擬為馮夢龍的化名。

崇禎元年（1628），五十五歲。

編成《魏忠賢小說斥奸書》四十回。

該書全名是《崢霄館評定新鐫出像通俗演義魏忠賢小說斥奸書》二十卷四十回。據日本目錄學家大塚秀高著《增補中國通俗小說書目》所記，是「崇禎元年」刊本，藏北京大學圖書館。現一－十二，二十二－三十四等回。且書作者是「陸雲龍（吳越草莽臣）」。但據《馮夢龍詩文》編者注，則引據謝國楨《增訂晚明史籍考》卷二十四著錄云：「孔德學校舊藏明崇禎刊本」，流傳極罕。謝氏並有按語云：「是書為章回小說，共四十回，記魏忠賢事，起自忠賢生長之時，終於定逆案止，每回以事繫年。作者作於崇禎元年，蓋時魏閹新除，故朝野之士，誅奸之書，應運而生也。首有鹽官木強人敘，自敘，潁水赤憨《斥奸書說》，崢霄主人〈凡例〉，戊辰羅剎狂人敘。繡像極精。（圖二十葉）」謝氏又云：「《晉書・皇甫謐傳》，謐上書自稱『草莽臣』，馮夢龍曾取以自號，疑即龍子猶所作也。」

崇禎七年（1634），六十一歲。

是年編成《智囊補》，在敘中說：「書成，值余將赴閩中」將到閩之壽寧接任縣令。《馮夢龍詩文》編者注稱：「馮于崇禎三年入貢，任過丹徒訓導，崇禎七年升任壽寧知縣。」（本書也是改名再印本，言「增」而未曾大增，敘文略有更易，排次略有更動而已。）

崇禎某年（約崇禎本）。

《今古奇觀》出版。本書乃摘取《三言》舊文及凌氏兩拍（初刻、二刻）文編成者。凌編《二刻拍案驚奇》梓行於崇禎五年，則此書之編成，應在二刻板行稍後。推想應在崇禎末行世。

其他尚有梓行於崇禎年間的傳奇戲曲十餘種。還有一部類書《燕京筆記》，也梓行在崇禎年間。零星詩歌、雜文還未成集付梓呢！

崇禎十一年（1638），六十五歲。

在壽寧縣令任內，編成《壽寧待志》上下兩卷。

崇禎十七年（1644），七十二歲。

編成《甲申紀聞》一卷，紀李自成入燕事。再成《甲申紀事》，集《紳志略》、《孤臣紀哭》、《都城日記》、《再生紀略》五文而成新編。

隆武二年（1645），七十三歲。

再成《中興實錄》、《中興偉略》兩種。悉為紀述甲申事變後的史事傳聞。《實錄》乃存忠奸，《偉略》則倡議復國大計。

我們看到馮夢龍的出版品，自萬曆末到崇禎末，不過二十餘年，連寫帶編，竟出版了如此之多，且每一種都有其性格的特殊色澤，自是吸引後人對他產生濃厚興趣的因子。

但如從馮氏的這些出版物上的敘跋來看，細究起來，大多都是馮氏自有的出版處所來梓行的。他使用了不少的化名以及偽託或代作（此一問題，下節再說），雖入仕於一縣之牧，也不曾放下了他寫作的筆墨，還編寫了一本在形式上，獨出一格的縣志（《壽寧待志》）。尤足以證明馮夢龍在文學道路上，事事都是一位領頭人物。他是《韻社》之長。當我們去查攷一番《韻社》社員的年籍，有不少人不惟是進士及第，兼且身著紅袍，足登朝靴、烏紗頭戴，論年齡也有長於他的（如萬曆二十年（1592）的進士即有沈纈等人）。他之被推為社之長兄，自是基於馮氏的長才與獨樹之文學形象吧！

總之，我們從馮夢龍的出版品看來，可以說馮氏的後半生文學生涯，是多采又多姿的。

我這裡不是寫作馮夢龍研究，尚未能進入深處，也未能步上廣處也。

(三)馮夢龍的出版事業

凡是涉獵過馮夢龍作品的人，準能發現到一個特殊的現象，那就是，那些作品的出版處所，似乎家家都與他本人有關，如「天許齋」（梓行《三遂平妖傳》），後來，《古今小說》（三言之《喻世明言》）亦「天許齋」梓行。鄭振鐸曾推想此一「天許齋」當是馮夢龍刻書時的齋名（錄《馮夢龍詩文》集注）。「墨憨齋」則是馮氏最早刻書的齋名，更是公開的事實。馮夢龍自稱「墨憨子」或「墨憨氏」題之其書者，尤較他名為多。如《笑府》十三卷，每卷之首，均有「墨憨子曰」之評語。成書於萬曆庚申（四十八）年春之《古今笑》（《古今譚概》後印本），即稱「書於墨憨齋」。化名「可觀道人」敘《新列國志》，亦稱「墨憨氏重加輯演，為一百八回」，可證「墨憨」乃馮夢龍自啟的綽號，遂以之名齋。待《三遂平妖傳》於崇禎間以「天許齋」原版再印時（經過補綴），又改以「墨憨齋」梓行的名義。

可以說，「墨憨齋」是馮夢龍在出版物上使用得次數最多的一個名號。（有些出版物未刻出版處所）

他如「綠天館」、「香月居」、「不改樂庵」等，都是馮氏書於出版物上的名號。

再從他的出版作品之一再重編、重補，而改頭換面再予重印出版的情事看來，更足以證明馮夢龍自己就是他編寫的出版物的出版者。前面我們業已列舉了一些，這些事實，也是人所共知的。不必再列述它了。

正由於馮夢龍也是一位出版者，他自己編寫的書，大都由他自己出版，而且一再重編，使用舊版重印，再更換出版處所，變易書名或加上新補新刻等字樣發行，所以，我們給馮夢龍加上一個「出版家」的頭銜，應該是正確的。

那麼，當我們讀到沈德符（《萬曆野獲編》）寫的這句：「吳友馮猶龍見之（見到《金瓶梅》稿）驚喜，慫恿書坊以重價購刻」的話，怎能不令人想到這是一句暗示呢？暗示這家要以「重價購刻」的出版者，就是指的馮夢龍。何況，我們已經有了〈別頭巾文〉這一鐵證呢！

在前章，我已列舉事實，一一詳細說到了。業已證明刊有原文〈別頭巾文〉的《開卷一笑》，乃馮夢龍偽託之「卓吾居士李贄編集」、「一衲道人屠隆參閱」者，事實上乃馮夢龍所編，梓行者也是馮夢龍本人。所刊〈別頭巾文〉，縱非屠氏游戲筆墨，也是馮夢龍的偽託。推想他的偽託目的，蓋亦暗示也；暗示屠隆是《金瓶梅》原書的作者也。

基是想來，當可明確的認定馮夢龍與《金瓶梅》是怎樣的關係了。

二、馮夢龍與《金瓶梅》

我在前幾章已經說過了，《金瓶梅》的傳抄本，分初期、後期兩個階段，刻本也分初刻、二刻兩種。

產生了這兩大問題的原因，全是改寫問題。

推想傳抄本的改寫，可能出乎原作者屠隆之手，只是今見的兩種刻本上，已不易區別出了。

從袁中郎（宏道）《觴政》的提示，自可據以認定後期的傳抄本，已是公安派人物的改本。但卻由於改寫時的意見分歧，因而有了十卷本與二十卷本之別。十卷本還保留了一些原作的政治諷喻，二十卷本則盡情刪去這些。

依據沈德符（《萬曆野獲編》）與謝肇淛（《小草齋文集》）的說法，使我們明確的獲知袁中郎（宏道）這一條傳抄路上的《金瓶梅》稿本，乃二十卷本，自可據以肯定首在「吳中懸之國門」的那部《金瓶梅》是十卷本。即今見之《新刻金瓶梅詞話》。

然而，此一十卷本《新刻金瓶梅詞話》，卻不能印證上沈德符（《萬曆野獲編》）上說的「有陋儒補以入刻」的那五回（五十三回至五十七回）。相反的，卻能在二十卷本《新刻繡像批評金瓶梅》的第五十三、五十四兩回，尋出「有陋儒補此入刻」的痕跡。這些問題，前章雖已述及，但對馮夢龍與《金瓶梅》的密切關係，則尚待更進一步作一明確的結論。是以在此不得不再加費辭。

(一)馮夢龍梓行《金瓶梅》的證據

從馮夢龍的出版品之慣於化名偽託，以及時時改頭換面（改名換號）等情事來看，我們卻能發現這兩種刻本（十卷本與二十卷本），都有化名偽託與改頭換面的情事。

譬如十卷本稱《新刻金瓶梅詞話》，有欣欣子敘、東吳弄珠客敘、廿公跋。二十卷本改為《新刻繡像批評金瓶梅》，刪去了欣欣子敘，加上了插圖兩百幅。內文也刪改了不少。（是否由於底本如此？尚無確證。但此本之刻於十卷本之後，當可以避崇禎諱一事肯定。）更基於十卷本第五十六回有〈別頭巾文〉一篇，作者乃屠隆之「一衲道人」的筆名。

這一樁樁一件件，樁樁件件都能安戴到馮夢龍頭上去。因為沈德符（《萬曆野獲編》）已明示出了。

1.先刻十卷本的證言

今之十卷本《新刻金瓶梅詞話》，乃《金瓶梅》之最早刻本，應是毋庸再議的。

而且是「吳中懸之國門」的那一部，似亦無人能提出有力的證據予以否定。

那麼，如將沈德符向袁小脩抄得《金瓶梅》稿挈歸，「吳友馮夢龍見之驚喜，慫恿書坊以重價購刻」的話，連到一起來看，顯然在明示「吳中懸之國門」的這部《金瓶梅》，乃馮夢龍所刻。

按馮夢龍不惟是位作家，而且是位出版家。馮氏的出版品，就是明證，毋庸費辭矣！

馮夢龍是十卷本的梓行者，有兩件明確的證據，一是東吳弄珠客的敘，二是第五十六回中的〈別頭巾文〉。

關於「東吳弄珠客」是馮夢龍的化名，姚靈犀早在距今五十年前就疑到了（參閱姚著

《瓶外卮言》中之〈金瓶梅版本異同〉一文），後來，日本平凡社翻譯《金瓶梅》，小野忍之〈解說〉文，亦疑東吳弄珠客是馮夢龍。惜乎均未提出證言，僅是設疑而已。今者，證言如下：

按「龍」與「珠」的關係，乃我國古老的傳說。《莊子・列禦寇》有語云：「夫千金之珠，必在九重之淵而驪龍頷下。子能得珠者，必遭其睡也。使驪龍而寤寐，子尚奚微哉！」且又有「二龍爭珠」之說。按《五燈會元》有語云：「僧問道州：『二龍爭珠，誰是得者？』師曰：『老僧祇管看。』」此說今已演成「二龍戲珠」的說法。凡畫龍者，或塑造龍形者，總是離不開二龍爭珠的樣相；舞龍者，也以爭珠為戲。

由是想來，「弄珠」之名，自是龍的喻意。「東吳」，馮夢龍籍貫也。「書于金閶道中」之「金閶，即蘇州也。」「道中」，自是指的在旅途中。

他如辭章的慣習：「《金瓶梅》，穢書也。」與《情史類略》敘的首語：「情史，余志也。」及另一以「詹詹外史」化名敘之《情史》（類略）敘首語：「六經，皆以情教也。」可以說是行文慣習的契合。

「東吳弄珠客」即馮夢龍的化名，只要我們能悟到「龍」與「珠」的關係，足以肯定矣！

至於〈別頭巾文〉乃「一衲道人」屠隆所作，縱非屠隆所作，也應把「偽託」二字，放到馮夢龍頭上。有《開卷一笑》可證也。

可以說，十卷本刻有〈別頭巾文〉一文，《開卷一笑》也刻有〈別頭巾文〉，而且署名「一衲道人」，而「一衲道人」確確實實是屠隆的別號，這一證據，不惟肯定了十卷本《新刻金瓶梅詞話》的成書，應在萬曆不可能在嘉靖，兼且肯定了《金瓶梅》原作者的暗示乃屠隆也。

這些問題，探究起來，無不件件與馮夢龍有關。「欣欣子」的敘文，就是一篇問題叢生，值得我們去尋求答案的有力證據。

2.欣欣子敘文中的有力證據

推想「欣欣子」也是馮夢龍的化名，已不止我一人如此說，陳毓羆作〈金瓶梅抄本的流傳、付刻與作者問題新探〉一文，已作如此推想。不過，陳先生只從《金瓶梅》稿本之傳抄流程上，作如此推論，並未提出明確證據。

我卻提出了證據及理由。已在第一次寫〈馮夢龍與《金瓶梅》〉說到，請看：

(1)「笑」與馮夢龍

我們從馮夢龍編印的各類書目來看，合於「笑」字類者，頗具規模；不亞於《三言》。如《古今譚概》、《古今笑》（《古今譚概》改名）、《笑府》、《廣笑府》（《笑府》重編），都是馮氏拿出舊版而改頭換面，一印再印又再印的笑譚類書。

他在《古今笑》敘中說：

……孰知電光石火，不足當高人一笑也。
一笑而富貴假，……一笑而功名假……
一笑而道德亦假，……一笑而大地山河皆假，
……吾但有笑而已矣；……吾蓋有笑而已矣！
野草有異種曰：「笑矣乎！」誤食者，輒笑不止。人以為毒，吾願人人得「笑已乎」而食之，大家笑，過日子，豈不太平無事億萬世？

又「韵社第五人」（金德門作〈馮夢龍社籍考〉認為此人是烏程人沈縯，萬曆二十年（1592）進士，官至南京刑部尚書；竊以為此敘乃馮氏代作。語意同也。）題《古今笑》說：

「笑能療腐乎？」子猶曰：「固也。夫雷霆不能奪我之笑聲，鬼神不能定我之笑局，混沌不能息我之笑機。眼孔小者，吾將笑之使大，心孔塞者，吾將笑之使達。方且破煩蠲忿，夷難解惑，豈特療腐而已哉！」

又說：

不分古今，笑同也；分部卅六。笑不同也。笑同，而一笑足滿古今，笑不同，而古今不足滿一笑。倘天下不摧，地不塌，方今方古，笑亦無窮，即以子猶為千秋笑宗，胡不可？

看來，馮夢龍真是愛「笑」之至。是以吾疑《開卷一笑》亦馮夢龍編集也。他又在《笑府》、《廣笑府》中敘謂：

古今來莫非話也，話莫非笑也。

又說：

不話不成人，不笑不成話，不笑不話不成世界。

且認為：

古今世界，一大笑府。

是以世間之人，

或笑人，或笑於人；笑人者亦復笑於人，笑於人者亦復笑人，人之相笑，寧有已時。

故曰：

布袋和尚吾師乎！吾師乎！

馮氏敘《今古奇觀》化名曰：「笑花主人」。雖源於禪家語之「拈花微笑」，然亦未嘗離於笑也。

基乎馮氏文中的此一「笑」字，我們焉能不感於「欣欣子」與「笑笑生」之名號，亦淵源於此一愛「笑」心態，當亦是馮夢龍的化名。

(2)行文用辭及語氣

馮編《太平廣記抄》小引有語云：

嗚呼！昔以萬卷輻輳，而予以一覽徹之，何幸也！昔以辟賢綴拾，而予以一人刪之，又何僭也！

該敘又有語云：

如山居飲澗人多癭，而反笑世人之項何細也！

則類同欣欣子敘文中這些話：

觀其高堂大廈，雲窻霧閣，何深沈也；金屏繡縟，何美麗也；鬢雲斜軃，春酥滿胸，何嬋娟也；……

他如《太霞新奏》發凡有語云：

如龍之驢東切，娘之尼姜切，此平韵之不可同於北也。白之為排，客之為楷，此入韵之不可發於南也。

則又類於欣欣子敘文語：

樂極必悲生，如離別之機，興憔悴之容，必見者所不能免也；折梅逢驛使，尺素寄魚書，所不能無也。……

從上錄這些行文中用辭以及語氣來看，也可以證明「欣欣子」的敘文，亦馮夢龍偽託者也。

(3)敘文後的書地習慣

①「韵社第二人題於蕭林之碧泓」（《古今笑》敘。該書成於萬曆四十八年間）

（金德門作〈馮夢龍社籍考〉，疑此「韵社第五人是刻於《麟經指日》凡例下的名單開頭第五位沈繽，烏程人，萬曆二十年進士，長於馮。此說待考。」）

②「古吳後學題于葑溪之不改樂庵」（《曲律》敘文作於天啟（乙丑）五年間）

③「隴西可一居士題于白下之栖霞山房。」

（《醒世恒言》敘，該敘寫於天啟（丁卯）七年間）

④「吳門馮夢龍題于松陵之舟中」

（《智囊》補自敘，該敘作於崇禎（甲戌）七年間）

上錄四則敘文書地之例，則與欣欣子敘文：「書于明賢里之軒」何異？

基於上述這多例證看來，推想「欣欣子」這篇敘文，乃馮夢龍化名所偽託，可以說業已八九離十不遠矣！

至於馮夢龍何以要化名偽託「欣欣子」這篇敘文兼且又指出了《金瓶梅》的作者，是他的朋友「蘭陵笑笑生」？誠有不少問題尚待繼續探討。

總之，「欣欣子」也是馮夢龍的化名，應是一件事實。陳毓羆先生也是這樣說的。

十卷本《新刻金瓶梅詞話》是馮夢龍經手梓行的，依據本文上述證言，可以這樣肯定。

3.再刻二十卷本的證言

十卷本《金瓶梅詞話》始刻於萬曆末、天啟初，前在刻本一章中，業已述及。我推想此本的刻竟，當在天啟三年（1623）前後。此書卷帙鉅大，非一年半載之功可竣其事。而天啟一朝，頭尾不過七年，即由新君崇禎朱由檢繼承。二十卷本《新刻繡像批評金瓶梅》，在崇禎年間刻出，競爭者竟有四家參予。是以吾人今日仍能見及崇禎年間刻的四種刻本。這些，我們在前章論及刻本時，也說到了。

十卷本《新刻金瓶梅詞話》，乃馮夢龍主持梓行者，業有證言可以肯定。那麼，十卷本既是馮夢龍梓行，又怎的會在數年（不過三五年）之後，又來梓行二十卷本呢？

再者，從馮夢龍之慣於在他所主持的出版物上，玩弄手腳以同版重印，而改頭換面，何以這兩種《金瓶梅》無此情事？二十卷本《金瓶梅》是全部重行改纂另立行款付之剞劂的。（四種刻本，行款只有兩種。）想來此一問題，必須進入探討。

(1)十卷本何以未能「一刻家傳戶到」？

沈德符（《萬曆野獲編》）的這句，「此等書必遂有人版行，一刻則家傳戶到」的說辭，乃晚明社會的文化實況。何以像《金瓶梅》這樣的書，傳抄了二十多年無人板行？前已說到，此處不贅。在此我們只問此一｜卷本刻出後，何以未能「家傳戶到」？

傳世的十卷本，祇有一種，存書三部，又二十三回。而本土則僅有一部。若不是民國二十一年（1932）冬在山西出現，賣到北平琉璃廠，為北京大學購得，可能到今天尚無人知有「欣欣子」與「蘭陵笑笑生」呢！

像這麼樣的一個歷史因素，怎能不是吾人應該去進入探討的一個問題？

《金瓶梅》之未能有人板行？不是它的淫穢問題。那時，淫書春畫，不干公禁，市肆有出售淫事圖書及淫器的專店。自可基此想知《金瓶梅》之遲遲無人板行，應是它涉入了政治問題。十卷本不是還存留了劉邦寵戚夫人有廢嫡立庶的入話嗎？

刻出後，正好遇上天啟詔修《三朝要典》，怕惹上政治麻煩，（這時的寺人魏忠賢已是鄭太后（貴妃）的寵幸，掌東廠內廠，誰人不怕！）遂不敢發行了。

不惟不敢發行，可能連板都燬了。印出來的書，也有燬了的證據，那就是今存於日本京都大學的二十三回殘卷，它是被襯在一部書名《普陀洛山志》的書頁裡層的。（作了襯紙）可以想知，印出來的書，也遭到了毀棄的命運。

另外，日本德山毛利家的那一部，何以第五回的末葉有九行文字異辭呢？顯然地，這半塊木板是重刻過的；乃「補以入刻的」。

推想此一情事，有兩種可能，一是入全版俱在，獨殘此葉之半，再印時，不得不再補以入刻。但又無全書可照全文刻入，只得依故事情節，重行構寫一段結尾，補刻了幾行接上。二是連板也沒有，只有這麼一部刻本，為了賣得好價錢，特為照字樣補刻缺處，使之不是殘卷。也是因為沒有原本可以參照，只得依據前後情節，構寫一段補上。照情理推想，似是這樣。

（德山毛利家的這一葉是補刻，可據崇禎本肯定。因為崇禎本的第五回這一段，文辭與我故宮博物院藏之十卷本同。與日本另一部日光山慈眼堂本亦同。衹有德山毛利家這第五回的末葉有七行異辭。）

從這一點，也就足以說明十卷本刻出後，沒有發行，竟連板都毀了。

再說，十卷本之存世者，我中土僅有一部，而且被湮沒了三百餘年無人知曉。直到出現之後，學界方始驚異到《金瓶梅》還有這麼一部刻本，上有欣欣子敘，指出作者是「蘭陵笑笑生」。這一刻本何以在我中土竟無人提到它？連明代人論及《金瓶梅》時，也不曾直接而正面的提到這一刻本。流傳到日本的另兩部，也是到了我中土的這一部出現之後，再被發現的。而且，日本的這兩部，一在日光山輪王寺，一在私人德山毛利侯爵家。另二十三回殘卷，則是從一部佛家書籍的夾頁中發現的襯紙。乃一部被毀了的《金瓶梅》十卷本刻本。

從上述這一情事來說，極其顯然的，十卷本刻出後，之所以未能「家傳戶到」的廣為流行，當是受到了阻礙。這「阻礙」，除了政治因素，其他還能再有什麼？

所以，時到崇禎，另一種二十卷本《新刻繡像批評金瓶梅》又梓行了。

(2)二十卷本「一刻則家傳戶到」

二十卷本《新刻繡像批評金瓶梅》四種，乃崇禎間刻本，有崇禎帝名諱「由檢」二字之避字。如「由」刻為「繇」，「檢」刻為「簡」。（日本內閣文庫本及天理圖書館本，全是如此避字刻法。）

崇禎紀年到十七年三月，明朝刻書之有避諱字，始於天啟元年頒行，天啟三年以後的出版物，即有較為嚴格的避諱字出現，如「校」刻為「較」或「挍」（手旁），到了崇禎，不避帝諱者少見。（臨文不避，如學校、校尉則不避。）這樣看來，崇禎本四種，（實際上是兩種行款，日本內閣文庫本與北京首都圖書館本同一行款，日本天理圖書館本與北京大學圖書館本同一行款。是否同版刓刻重刷，未曾比勘，暫不能定。）可能在崇禎初年就梓出了。

魏忠賢失權於天啟帝崩逝（七年八月），喪命於該年十一月。推想崇禎本最早刻出問世，當在崇禎三年前後，正薛岡見及之刻本時也。（我推想薛岡見到抄本時間，在萬曆三十八、九年間，二十年後正是崇禎三年前後。參閱拙作〈金瓶梅的新史料探索〉，《金瓶梅原貌探索》附錄五。）

明代帝制的亂祧，遞遭到崇禎這一代，國家之政，恰似天花病的末期，已徧體膿疱矣！然際茲烽火四起，清兵迭起於北漠，流賊奔竄於中原，二十卷本的《金瓶梅》還有四種刻本問世，良符沈氏之說「此等書必遂有人板行，一刻則家傳戶到。」試想，若不是「一刻則家傳戶到」，怎會有人在烽火漫天而內憂外患交迫的歲月中，出版者起而競刻耶？

這一點，也是足以說明十卷本之梓出，受到了政治因素的阻礙，未敢發行，且必去毀板焚書，遂造成了十卷本的刻本，流行海內外甚少的情事。兼而知其刻者，亦隱而不敢言。《三朝要典》一書，也是到了崇禎元年（1628）方行下詔毀棄了的。

譬如這些歷史因素，我們怎能忽略了它不談呢？出版業乃文化上的大事，文化乃當時社會的現實映照。像《金瓶梅》的出版情形，十卷本與二十卷本的梓行，竟遺留下兩種截然不同的情況，又怎能不從歷史上去探尋這不同的原因？歷史乃文人的既成事實，最真實的現象，全在歷史裡面。我們如忽略了歷史因素，焉能獲得真實？

再說二十卷本《金瓶梅》，附有畫家細筆繪出的插圖二百幅，且是當代新安名手雕製出來的。那麼，十卷本何以未附刻插圖？我們也可以尋出一個理由來作答案：「當時付梓倉卒，急於板行，而未遑及之也。」

這一點，不也說明了十卷本之匆匆梓行於萬曆爺賓天後的泰昌、天啟間嗎！

4.十卷本毀板的證據

我推想十卷本《新刻金瓶梅詞話》刻出後，受到天啟詔修《三朝要典》的政治阻礙，未敢發行而毀板焚書。此一推想，並非瞎猜而妄言，說起來，是有真憑實據的。除了前面說的一些，最明確的一件，便是二十卷本第五十三、四兩回的改寫部分。

這兩回的改寫部分，與十卷本的同兩回，情節不同之處，幅度甚大，且文筆較十卷本遜色多多。前面在論成書年代的這一章，已經比勘過了。這裡，我再提出我的研判。

第一，二十卷本刻於十卷本之後，應是事實。不惟有避諱字為證，還有二十卷本依據十卷本為底本付刻，以訛傳訛的情事。

第二，從二十卷本第五十三、四兩回的情節，不同於十卷本之處，幅度甚大，且遠遜於十卷本的文筆，當可想知二十卷本在付刻時，底本缺少這兩回，而所掌握到的十卷本刻文，可能也無這兩回。在「遍覓不得」的情況下，自非得「補以入刻」不可了。二十卷本的這兩回（五十三、四），應是在此種情況下形成的。

第三，到了崇禎元年，不但禍殃魏忠賢已死，《三朝要典》也下詔命毀了。這時，縱然出版界有了另一《金瓶梅》底本，為了可以「療飢」（賺銀子），遂競然付刻。缺的部分，縱無「大儒」願為，也有「陋儒補以入刻」，這時，十卷本的刻板，如還存在，又安有不再刷印發行的道理？正因為刻板已經毀了，遂失去了重刷的機會。

從我們的這一部十卷本《金瓶梅詞話》流傳到山西地區去了，另兩部又在日本。所以薪傳於後世的《金瓶梅》，全是以二十卷本為祖本的。十卷本竟湮沒了三百餘年而無人知。斯一因耳！

5.馮夢龍再刻二十卷本

十卷本的刻板，已經毀了，印出的書已經焚了；流傳出的，收不回，也不得見了。當魏忠賢失權喪身，新君登極，詔毀《三朝要典》，這時的鄭皇后雖還未死，卻也半籌難展矣！既然政治阻礙業已消失，十卷本的刻版已毀，要再出版這部「一刻則家傳戶到」的《金瓶梅》，自只有重刻一途。好在他們手上還有一部二十卷本的底本，其內容原已躭心過政治因素而改寫過的。這二十卷本便應運而梓行了。

從這二十卷本的簡端有東吳弄珠客敘文這一點來說，當可據以推想，它必也是馮夢龍參予梓行的出版品。

雖說，剞劂像《金瓶梅》這麼一部卷帙厚重的大部頭書，需要經濟為後盾，馮夢龍有此經濟能力嗎？

此一問題，從馮夢龍編撰的各類出版品，在在都是馮夢龍的齋名掛上門楣，又怎能不認為馮氏本人就是一位出版家？「墨憨齋」從一開始出版《山歌》時，就是他馮氏的出版名號了。

蘇州府有一位自豪資厚的出版家，那就是勾吳書種堂袁無涯（叔度），他以刊刻公安袁氏宏道（中郎）全集，見稱於世的出版家。後來，又會同馮夢龍校刻楊定見手中的卓吾（李贄）評本百二十回本《忠義水滸全傳》。他在梓行《袁石公全集》時，特別刻了一篇所謂〈書種堂禁翻豫約〉的前言，弁於《瀟碧堂集》。文曰：

無涯氏曰：石公先生得文章三昧，為明興傑出，所謂不可無一，不可有二者耶？不佞之膾炙，有甚於人之膾炙。每得一篇，寢食為忘，不啻賈胡之珠。而中郎之於論衡也。然而腹不自剖，帳不自秘，高山流水，惟願與具眼者共為子期。故亟為托梓以傳。而嘉湖參知李公，我邑侯陳公，雅同先生臭味。是役也，實重有賴焉。今書則名筆也，鐫則良工也，其讎訛訂舛，則絕無陶陰魯魚也。余亦自謂殺青中無此伎倆，洵稱鄴架奇珍，而余之心亦良苦矣。往見牟利之夫，原板未行，翻刻踵市，傳之貴廣，即翻奚害。第以魚目混夜光，而使讀者掩卷疏斜，其刻劃掛漏，其文辭紛如落葉，曾不得十行下；災及柔翰，而詛楚及余，是可痛恨耳。茲與副墨子約，有能已精益精，遠出吾剞劂上者，敢不俛首遜謝，舍旃東家之丘。如使垂涎洛陽紙價，輒以樗材惡札襲取，賤售掩之乎？余請從繞朝授策，與決堅白，諸君子有癡若袁生者，不惜佐我旗鼓。萬曆戊申中秋前三日書於西武丘之金粟山房。

（「嘉湖參知李公」，疑即李右諫，字思袁，豐城人。癸卯以南禮部郎中出守蘇州，丁未擢蘇松兵備副使進參政。）

（「我邑侯陳公」，即陳以聞，字無異。萬曆三十五年進士，三十六年任吳縣令，三十八年解任，調無錫令。令吳時，與馮夢龍交莫逆。後薦馮麻城黃安授舉子經書。）

讀此文，當可想知此一出版家之這等「豪語」，乃自誇資厚。

袁無涯名叔度，吳人。未悉是吳縣還是長洲以及蘇州府屬其他之縣。曾查蘇州府志各縣，傳無袁叔度無涯其人。袁宏道及中道弟兄之文集，有詩文書牘書其人。袁中郎故後（袁中郎卒於萬曆三十八年九月六日）袁無涯於萬曆四十二年間，曾至公安，向袁小脩索詢袁中郎遺稿，見《遊居柿錄》及《珂雪齋集》。我在拙文〈袁中郎與金瓶梅〉及〈袁小修與金瓶梅〉等文（見拙作《金瓶梅探原》），亦曾題及。卻迄未能查得其人年籍及生活事蹟。

但馮夢龍曾於《太霞新奏》卷五，述及袁無涯冶遊事，詩中亦有所咏（作散曲中呂顧子樂相贈）。可以想知馮夢龍與袁無涯同是吳人，年亦相差無幾，似是青年時期的遊伴。二人既曾合改楊鳳里（定見）之李卓吾評（今之論者，斥為偽託李氏之評，得非亦猶龍之故伎耶？）百二十回《忠義水滸全傳》，全夥經營出版事業，實不無可能。進而推想兩種《金瓶梅》之悉由馮氏付梓，經濟後盾是袁無涯，殆亦非無鵠的而放矢也。

(二)馮夢龍的大一統思想

1.孔子著《春秋》，明乎大一統也！

儘管馮夢龍有出入歡場放浪形骸的生活紀錄，應是「大節不踰閑，小節出入可也」

的細行，可不護者也。在出版品方面說，他所著力的，全是儒家所謂的「小道」，乃不足以揄揚大義彰示來世的「壯夫不為也」（揚子雲語）的細事。然而馮氏夢龍則認為《通俗演義》（說部），「足以佐經書史傳之窮。」（《警世通言》敘）他又最喜編笑話書，笑話書在馮氏出版物系列中，亦屬大家。他希望人人都能在「笑」中過日子，天下就會太平億萬世。（《古今笑》自敘）更認為古今世界就是一大笑府；「不話不成人，不笑不成話，不笑不話不成世界。」人生在世，「或笑人，或笑於人；笑人者亦復笑於人，笑於人者亦復笑人。」（《笑府》敘）人之相笑，是沒有休止日子的。他希望大家尊他為「千秋笑宗」。從這些容止言談來看，馮夢龍應是一位玩世不恭者。但一面臨大節，則畔然盛德君子之風者焉！

我們看他做了三年訓導，便升任了縣令。六年牧守，而德惠一方。為所治縣修志而不直言曰「志」，謙謂之「待志」。自引云：「曷言乎待誌？」猶云：「未成乎誌也。」又云：「曷為未成乎誌？」曰：「前乎誌者有訛焉！後乎誌者有缺焉！與其貿貿焉而成之，寧遜焉而待之。」……其處事也，謙遜若是，誠儒家之門徒也。

滿清入關，崇禎死難；福王監國南京，唐王立君閩越。馮夢龍的出版事業，則遂也一反往志，捨小說而述史，廢笑譚而謀國之中興。因有《甲申紀聞》、《甲申紀事》之編纂，以及《中興實錄》、《中興偉略》之集成。無乃大勢已去，大局已定，欲挽朱明天下於狂瀾，已不可能矣！

兩去湖廣數年，所業悉為三傳之授，故有《春秋衡庫》與《麟經指月》兩書之成。足徵馮氏之學基乃儒家傳統，立於經者也。

《春秋》，魯史也。孟子云：「孔子著《春秋》，而亂臣賊子懼。」仲尼自云：「知我者，《春秋》乎！罪我者，《春秋》乎！」《春秋》，天子之事也。所謂「《春秋》，天子之事」，其意乃大一統也。天子列土分封，君臨四海，萬國朝會，春秋繫年而天下一之焉！馮夢龍講授《春秋》，自然明乎這些了。

2.可貴的泰昌紀元

基是推想，則《金瓶梅》的改寫，馮氏似是站在十卷本的這一邊的。是以十卷本之第七十回七十一回，西門慶抵京離京之時日，隱喻了泰昌元年與天啟元年的情節，自是基於大一統之義的意念。

因為，泰昌元年的紀元，出現在歷史上，太不容易了。所以世人非常珍貴它。馮夢龍不惟在《三遂平妖傳》的敘言上，寫上了「泰昌元年冬至前一日」，又在《麟經指月》的敘言上，寫上了「泰昌元年九月日。」泰昌元年的禮法議定的時日，是九月十三日（見《光宗實錄》），頒行當在九月十五日以後了。這敘寫上「泰昌元年九月日」（未寫何日？）未免太早些吧！何以如此？重視「泰昌元年」，不忘「泰昌」紀元也。

在馮氏《壽寧待志》中，記有三次泰昌元年。在史書上書「泰昌元年」是當然的，在說部的敘文上，書「泰昌元年」是可貴的。蓋泰昌元年在歷史的紀錄上，為時祇有五閱月；泰昌帝在位只有一個月啊！給他五個月的紀元，還是禮官們的惠賜呢！所謂：「下借子」也。（借其子天啟帝四個月的執政事實。）

（泰昌朱常洛於萬曆四十八年八月一日登極，詔改明年為泰昌元年，九月一日崩世，未及改元。其子朱由校於九月六日登極，詔改明年為天啟元年。從歷史的紀錄上說，泰昌已有了兩個元年，即萬曆四十八年八月一日至十二月二十九日五個月；以及先行詔改的「明年」為「泰昌元年」。事實上，他在位僅一個月。）

3.必也，十卷本與二十卷本均馮夢龍敘刻者也。

像上述這些歷史因素，如以之配合了馮夢龍的性行以及其文學生涯（尤其是出版事業），來作推論，再加上沈德符（《萬曆野獲編》）的那兩句：「吳友馮猶龍見之（指《金瓶梅》）驚喜，慫恿書坊以重價購刻」，「原書實缺五十三至五十七回，遍覓不得，有陋儒補以入刻。」併以印證十卷本與二十卷本的這五回情實（如前各章所述），則馮夢龍參予改寫並先後梓行了這兩種《金瓶梅》，誠有其必然性存乎此一史實間。

吾故曰：「必也，十卷本與二十卷本，均馮夢龍敘刻者也。」

附　錄

附錄一　新刻繡像批評金瓶梅（日本天理圖館藏本）

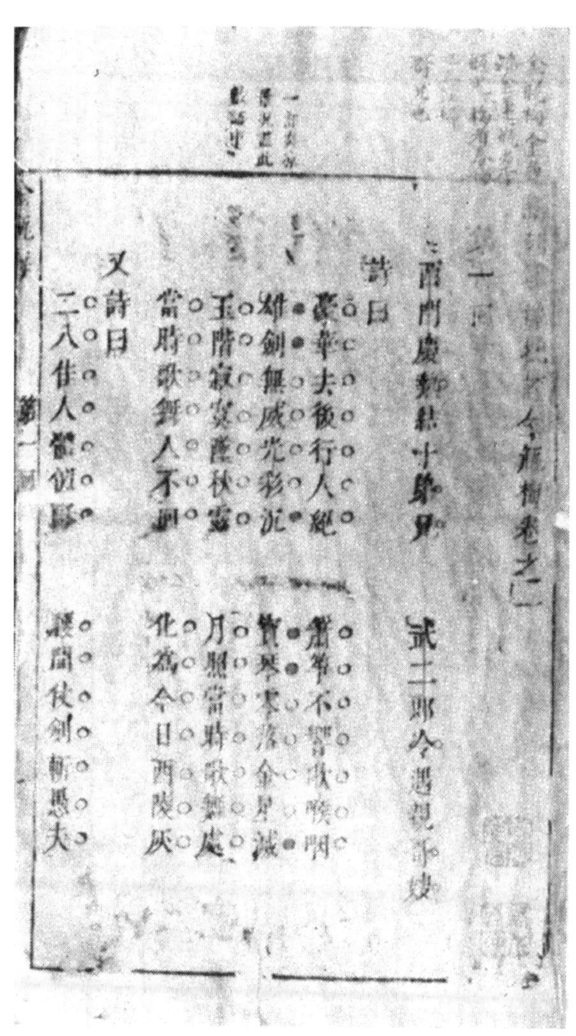

新刻繡像批評金瓶梅卷之一

第一回

西門慶熱結十弟兄　武二郎冷遇親哥嫂

詩曰

豪華去後行人絕　簫箏不響歌喉咽
雄劍無威光彩沉　寶琴零落金星滅
玉階寂寞墜秋露　月照當時歌舞處
當時歌舞人不回　化為今日西陵灰

又詩曰

二八佳人體似酥　腰間仗劍斬愚夫

附錄二　新刻繡像批評金瓶梅（日本內閣文庫藏本）

新刻繡像批評金瓶梅卷之一

第一回　西門慶熱結十弟兄　武二郎冷遇親哥嫂

豪華去後行人絕　簫箏不響歌喉咽　雄劍無威光彩沉
寶琴零落金星滅　玉階寂寞墜秋露　月照當時歌舞處
當時歌舞人不回　化爲今日西陵灰
二八佳人體似酥　腰間仗劍斬愚夫　雖然不見人頭落
暗裡教君骨髓枯

這一首詩是昔年大唐國時一箇脩眞煉性的英雄入聖超凡的豪傑到後來位居紫府名列仙班率領上八洞羣仙救拔四部洲沉苦一位仙長姓呂名岩道號純陽子祖師所作单道世上人營營逐逐急急巴巴跳不出七情六慾關頭打不破酒色財氣圈子到頭來同歸于盡著甚要緊雖

金瓶梅　卷一　第一回

附錄三　袁氏書種堂禁翻豫約（中央圖書館藏瀟碧堂集扉頁）

書種堂禁翻豫約

無涯氏曰石公先生得文章三昧為明興傑出際謂不可無一不能有二者即不佞之膾炙有甚於人之膾炙每得一編寢食為忘不啻賈胡之珠而中郎之於論衡也然而腹不自剖帳不自秘高山流水惟願與具眼者共為子期故亟為托梓以傳而嘉湖叅知李公我邑侯陳公雅同先生臭味是役也寔重有賴焉今書則名筆也鐫則良工也其讐訛訂舛則絕無陶陰魯魚也余亦自謂殺青中無與伎倆詢稱鄴架奇珍而余之心亦良苦矣往見牟利之夫原板未

國立中央圖書館藏

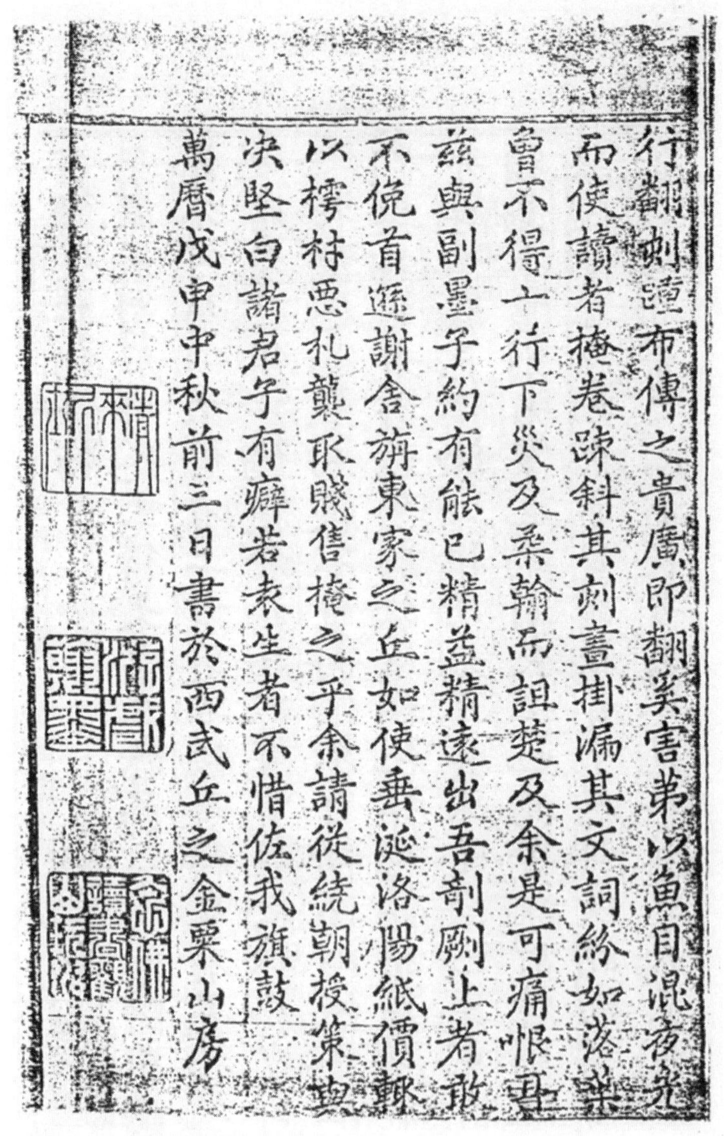

行翻刻遍布傳之貴廣即翻奚害第以魚目混夜光而使讀者掩卷踈斜其刻畫掛漏其文詞紛如落葉曾不得一行下災及梨翰而詛楚及余是可痛恨[illegible]茲與剞劂子約有能已精益精遠出吾剞劂上者敢不俛首遜謝舍旃東家之丘如使垂涎洛陽紙價輒以樗材惡札襲取贓售掩之乎余請從繞朝授策與決堅白諸君子有癖若袁生者不惜佐我旗鼓

萬曆戊申中秋前三日書於西武丘之金粟山房

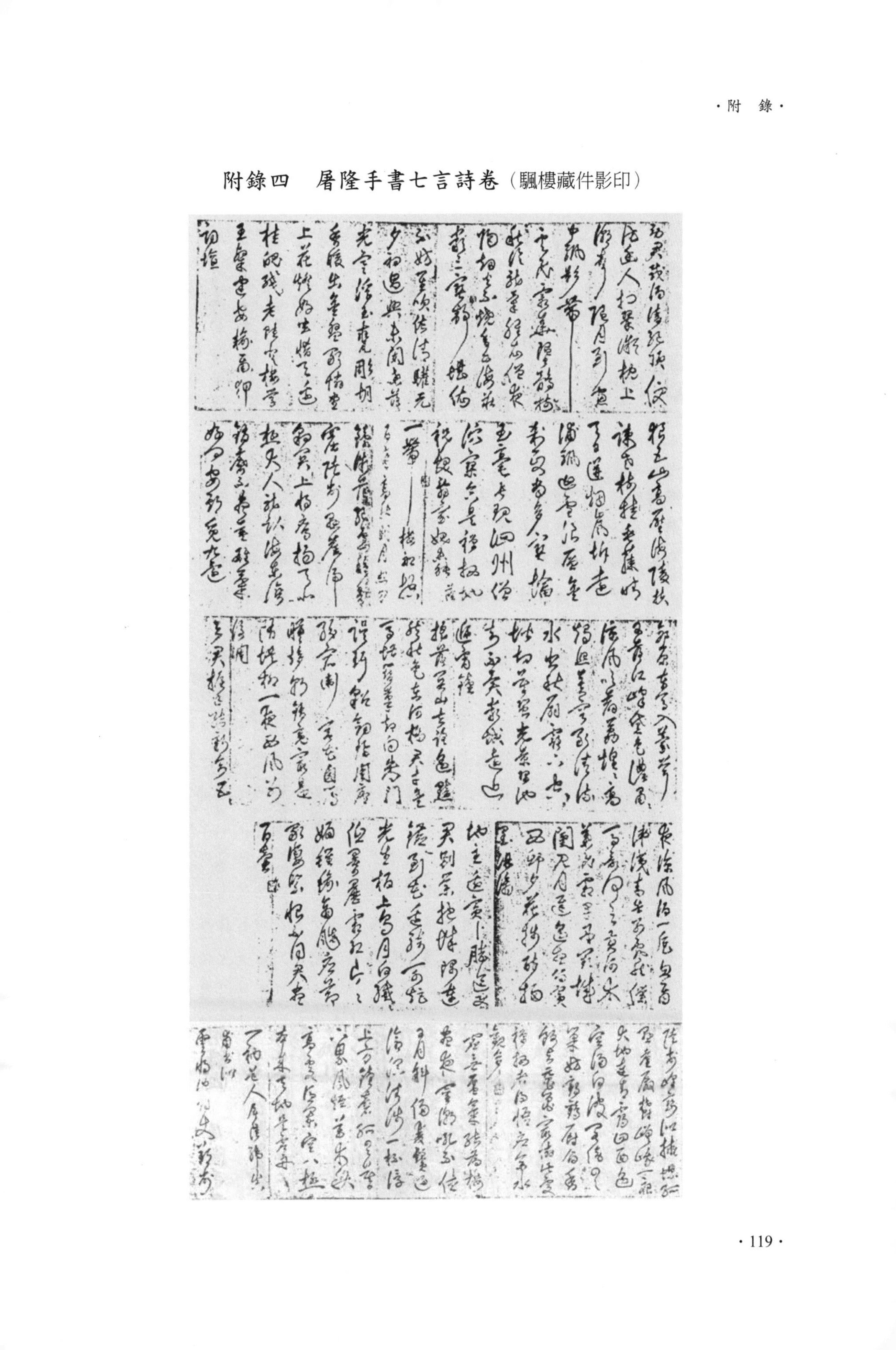

附錄四　屠隆手書七言詩卷（驪樓藏件影印）

屠隆（活躍於十六世紀下半葉）

字長卿，又字緯真，號赤水，鄞縣人。萬曆五年（1577）舉進士，曾官吏部主事。隆有異才，落筆千言立就，善書法，亦工曲。有多種文集傳世。

行草七言詩卷

水墨紙本手卷

32×402 釐米

書法釋文

勞君載酒清絕頂，便訪幽人於翠微。沈上潮聲隨月到，窗中飄影帶雲飛。
霜華墮鶻秋樹冷，龍氣輕衣僧夜歸。烟火不燒香水海，莊嚴三寶靜堪依。
不妨笙吹佐清驩，元夕初過興未闌。葉落光寒浮玉甕，雕胡香暖出金盤。
影憐堂上花燈好，坐惜天邊桂魄殘。老賦登樓學王粲，建安輸爾狎詞壇。
狼五山高壓海陵，扶踈老樹蔭垂籐。晴天日迸烟嵐坼，遠浦飄迴雪浪層。
金剎政當多寶塔，玉毫長現泗洲僧。滓寥合是禪棲地，祝髮辭家媿未能。
一帶樓船控百蠻，高秋明月照刀鐶。微茫絕島鯨鯢窟，陡削懸崖虎豹關。
上將鷹揚天北極，大人龍臥海東灣。銷磨不盡英雄氣，好問安期覓九還。
郊原車馬入蒙茸，又落江峰黛色濃。肅肅涼風吹薜荔，煌煌高燭照芙蓉。
影清流水悲秋扇，露下空堦切暮蛩。光景習池知不易，嚴城遠近遞宵鐘。
搖落關山去路遙，黯然秋色在河橋。君才金馬堪簪筆。卻向朱門誤珥貂。
劒珮周廬紛宿衛，宮花鹵薄暎趍朝。銷魂最是隋堤柳，一夜西風別後凋。
與君握手結新亭，午夜涼風酒一卮，忽爾涕洟來告別，飄然僕馬欲何之。
黃河木葉飛霜早，丹闕城關見月遲。遙想留賓西邸夕，花牋醉掃墨淋漓。
地主邀賓卜勝區，便君別業抱城隅。連鑣乍到花邊騎，列炬光生柏上烏。
月白纖纖低冪歷，霜紅片片婳氍毹。商颸應節歌淒緊，恨不同君盡百壺。
陡削峯巒似擁螺，孤懸臺殿鬱峨嵯，一痕大地連青靄，四面遙空滿白波。
閣傍雲巢妨鶴鸛，厨留香飯與黿鼉。最憐此處禪棲者，得悟應余水觀多。
虛無蜃氣結為樓，晝夜靈潮吼不休。日月斜陽雙鬢過，滄溟清淺一杯浮。
上方鐘磬孤雲暮，下界風煙萬木秋。高處凴欄空八極，本來天地是虛舟。
一衲道人屠隆緯真甫書似雲將沈詞文郢削。

作者印章

「屠隆之印」（白文方印）

「屠氏緯真」（白文方印）

「娑羅館」（白文方印）

鑑藏印章

「沈氏乃功」（白文方印）

小聽颿樓藏品

國家圖書館出版品預行編目資料

《金瓶梅》的幽隱探照

魏子雲著. – 初版. – 臺北市：臺灣學生，2014.09
面；公分（金學叢書第 1 輯；第 2 冊）

ISBN 978-957-15-1617-2 (精裝)

1. 金瓶梅 2. 研究考訂

857.48 103011438

《金瓶梅》的幽隱探照

著作者：魏子雲
主編：吳敢、胡衍南、霍現俊
出版者：臺灣學生書局有限公司
發行人：楊雲龍
發行所：臺灣學生書局有限公司
臺北市和平東路一段七十五巷十一號
郵政劃撥帳號：00024668
電話：(02)23928185
傳眞：(02)23928105
E-mail：student.book@msa.hinet.net
http://www.studentbook.com.tw

定價：精裝 16 冊不分售
新臺幣 20000 元

二〇一四年九月初版

有著作權・侵害必究

ISBN 978-957-15-1617-2 (本冊)
ISBN 978-957-15-1615-8 (全套)

金學叢書 第一輯

❶ 《金瓶梅》原貌探索　魏子雲著

❷ 《金瓶梅》的幽隱探照　魏子雲著

❸ 小說《金瓶梅》　魏子雲著

❹ 《金瓶梅》演義——儒學視野下的寓言闡釋　李志宏著

❺ 《金瓶梅》的時間敘事與空間隱喻　林偉淑著

❻ 《金瓶梅》敘事藝術　鄭媛元著

❼ 說圖——崇禎本《金瓶梅》繡像研究　曾鈺婷著

❽ 《金瓶梅詞話》之詩詞研究　傅想容著

❾ 崇禎本《金瓶梅》回首詩詞功能研究　林玉惠著

❿ 《金瓶梅》飲食男女　胡衍南著

⓫ 《金瓶梅》之身體感知與性別辯證：一個漢字閱讀觀點的建構　李欣倫著

⓬ 《金瓶梅》鞋腳情色與文化研究　李曉萍著

⓭ 《金瓶梅》女性服飾文化研究　張金蘭著

⓮ 《金瓶梅詞話》女性身體書寫析論——以西門慶妻妾為論述中心　沈心潔著

⓯ 後設現象：《金瓶梅》續書書寫研究　鄭淑梅著

⓰ 《金瓶梅》詮評史研究　李梁淑著